L'

1668

PREMIÈRE REPRÉSENTATION

Comédie

Molière

L'AVARE

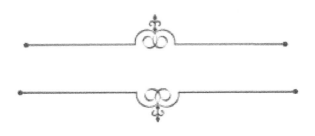

Table des matières

4

Présentation
de Voltaire dans *Vie de Molière* (1739)

Comédie en prose et en cinq actes, représentée à Paris sur le théâtre du Palais-Royal le 9 septembre 1668.

Cette excellente comédie avait été donnée au public en 1667 ; mais le même préjugé qui fit tomber *le Festin de Pierre,* parce qu'il était en prose, avait fait tomber *l'Avare.* Molière, pour ne point heurter de front le sentiment des critiques, et sachant qu'il faut ménager les hommes quand ils ont tort, donna au public le temps de revenir, et ne rejoua *l'Avare* qu'un an après : le public, qui, à la longue, se rend toujours au bon, donna à cet ouvrage les applaudissements qu'il mérite. On comprit alors qu'il peut y avoir de fort bonnes comédies en prose, et qu'il y a peut-être plus de difficulté à réussir dans ce style ordinaire, où l'esprit seul soutient l'auteur, que dans la versification, qui, par la rime, la cadence et la mesure, prête des ornements à des idées simples que la prose n'embellirait pas.

Il y a dans *l'Avare* quelques idées prises de Plaute, et embellies par Molière. Plaute avait imaginé le premier de faire en même temps voler la cassette de l'Avare, et séduire sa fille ; c'est de lui qu'est toute l'invention de la scène du jeune homme qui vient avouer le rapt, et que l'Avare prend pour le voleur. Mais on ose dire que Plaute n'a point assez profité de cette situation ; il ne l'a inventée que pour la manquer ; que l'on en juge par ce trait seul : l'amant de la fille ne paraît que dans cette scène ; il vient sans être annoncé ni préparé, et la fille elle-même n'y paraît point du tout.

Tout le reste de la pièce est de Molière, caractères, intrigues, plaisanteries ; il n'a imité que quelques lignes, comme cet endroit où l'Avare, parlant (peut-être mal à propos) aux spectateurs, dit : « Mon voleur n'est-il point parmi vous ? Ils me regardent tous, et se mettent à rire. » — *Quid est quod ridetis ? Novi omnes, scio fures hic esse complures ;* et cet autre endroit encore où, ayant examiné les mains du valet qu'il soupçonne, il demande à voir la troisième : *Ostende tertiam.*

Mais si l'on veut connaître la différence du style de Plaute et du style de Molière, qu'on voie les portraits que chacun fait de son *Avare.* Plaute dit :

> *Clamat*
> *Suam rem periisse, seque eradicarier,*
> *De suo tigillo fumus si qua exit foras.*
> *Quin cum it dormitum, follem sibi obstringit ob gulam,*
> *— Cur ? — Ne quid animæ forte amittat dormiens.*
> *— Etiamne obturat inferiorem gutturem ?*
>
> (*Aulularia,* act. II, sc. iv.)

« Il crie qu'il est perdu, qu'il est abîmé, si la fumée de son feu va hors de sa maison. Il se met une vessie à la bouche pendant la nuit, de peur de perdre son souffle. — Se bouche-t-il aussi la bouche d'en bas ? »

Cependant ces comparaisons de Plaute avec Molière, toutes à l'avantage du dernier, n'empêchent pas qu'on ne doive estimer ce comique latin, qui, n'ayant pas la pureté de Térence, et fort inférieur à Molière, a été, pour la variété de ses caractères et de ses intrigues, ce que Rome a eu de meilleur. On trouve aussi, à la vérité, dans *l'Avare* de Molière quelques expressions grossières comme : « Je sais l'art de traire les hommes ; » et quelques mauvaises plaisanteries comme : « Je marierais, si je l'avais entrepris, le Grand Turc et la république de Venise. »

Cette comédie a été traduite en plusieurs langues, et jouée sur plus d'un théâtre d'Italie et d'Angleterre, de même que les autres pièces de Molière ; mais les pièces traduites ne peuvent réussir que par l'habileté du traducteur. Un poète anglais nommé

Shadwell, aussi vain que mauvais poète, la donna en anglais du vivant de Molière. Cet homme dit, dans sa préface : « Je crois pouvoir dire, sans vanité, que Molière n'a rien perdu entre mes mains. Jamais pièce française n'a été maniée par un de nos poètes, quelque méchant qu'il fût, qu'elle n'ait été rendue meilleure. Ce n'est ni faute d'invention, ni faute d'esprit, que nous empruntons des Français ; mais c'est par paresse : c'est aussi par paresse que je me suis servi de *l'Avare* de Molière. »

On peut juger qu'un homme qui n'a pas assez d'esprit pour mieux cacher sa vanité n'en a pas assez pour faire mieux que Molière. La pièce de Shadwell est généralement méprisée. M. Fielding, meilleur poète et plus modeste, a traduit *l'Avare*, et l'a fait jouer à Londres en 1733. Il y a ajouté réellement quelques beautés de dialogue particulières à sa nation, et sa pièce a eu près de trente représentations, succès très rare à Londres, où les pièces qui ont le plus de cours ne sont jouées tout au plus que quinze fois.

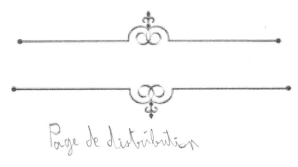

Personnages

Handwritten annotations (in margin):

Page de distribution

→ Harpagon

jaune : Héros, Pères, bourgeois, vieillesse

rose : caractères qui représentent les jeunes amants, bourgeois anciens s'opposent aux

orange : avare, opposante des jeunes amants, adjuvant d'Harpagon

vert : fonctionnaires d'état

bleu : les domestiques

HARPAGON, père de Cléante et d'Élise, et amoureux de Mariane. [1021]

CLÉANTE, fils d'Harpagon, amant [1022] de Mariane. [1023]

ÉLISE, fille d'Harpagon, amante [1024] de Valère. [1025]

VALÈRE, fils d'Anselme et amant [1026] d'Élise. [1027]

MARIANE, amante [1028] de Cléante et aimée d'Harpagon. [1029]

ANSELME, père de Valère et de Mariane.

FROSINE, femme d'intrigue. [1030]

MAÎTRE SIMON, courtier.

MAÎTRE JACQUES, cuisinier et cocher d'Harpagon. [1031]

LA FLÈCHE, valet de Cléante. [1032]

DAME CLAUDE, servante d'Harpagon.

BRINDAVOINE, laquais d'Harpagon.

LA MERLUCHE, laquais d'Harpagon.

UN COMMISSAIRE et son CLERC

La scène est à Paris, dans la maison d'Harpagon.

Acte I

Scène première
Valère, Élise.

Valère

Eh quoi ! charmante Élise, vous devenez mélancolique, après les obligeantes assurances que vous avez eu la bonté de me donner de votre foi ? Je vous vois soupirer, hélas ! au milieu de ma joie ! Est-ce du regret, dites-moi, de m'avoir fait heureux ? et vous repentez-vous de cet engagement où mes feux ont pu vous contraindre ?

Élise

Non, Valère, je ne puis pas me repentir de tout ce que je fais pour vous. Je m'y sens entraîner par une trop douce puissance, et je n'ai pas même la force de souhaiter que les choses ne fussent pas. Mais, à vous dire vrai, le succès me donne de l'inquiétude ; et je crains fort de vous aimer un peu plus que je ne devrais.

Valère

Eh ! que pouvez-vous craindre, Élise, dans les bontés que vous avez pour moi ?

Élise

Hélas ! cent choses à la fois : l'emportement d'un père, les reproches d'une famille, les censures du monde ; mais plus que tout, Valère, le changement de votre coeur, et cette froideur criminelle dont ceux de votre sexe payent le plus souvent les témoignages trop ardents d'un innocent amour.

Valère

Ah ! ne me faites pas ce tort, de juger de moi par les autres ! Soupçonnez-moi de tout, Élise, plutôt que de manquer à ce que je vous dois. Je vous aime trop pour cela ; et mon amour pour vous durera autant que ma vie.

Élise

Ah ! Valère, chacun tient les mêmes discours ! Tous les hommes sont semblables par les paroles ; et ce n'est que les actions qui les découvrent différents.

Valère

Puisque les seules actions font connaître ce que nous sommes, attendez donc, au moins, à juger de mon coeur par elles, et ne me cherchez point des crimes dans les injustes craintes d'une fâcheuse prévoyance. Ne m'assassinez point, je vous prie, par les sensibles coups d'un soupçon outrageux ; et donnez-moi le temps de vous convaincre, par mille et mille preuves, de l'honnêteté de mes feux.

Élise

Hélas ! qu'avec facilité on se laisse persuader par les personnes que l'on aime ! Oui, Valère, je tiens votre coeur incapable de m'abuser. Je crois que vous m'aimez d'un véritable amour, et que vous me serez fidèle : je n'en veux point du tout douter, et je retranche mon chagrin aux appréhensions du blâme qu'on pourra me donner.

Valère

Mais pourquoi cette inquiétude ?

Élise

Je n'aurais rien à craindre si tout le monde vous voyait des yeux dont je vous vois ; et je trouve en votre personne de quoi avoir raison aux choses que je fais pour vous. Mon coeur, pour sa défense, a tout votre mérite, appuyé du secours d'une reconnaissance où le ciel m'engage envers vous. Je me représente à toute heure ce péril étonnant qui commença de nous offrir aux regards l'un de l'autre ; cette générosité surprenante qui vous fit risquer votre vie, pour dérober la mienne à la fureur des ondes ; ces soins pleins de tendresse que vous me fîtes éclater après m'avoir tirée de l'eau, et les hommages assidus de cet ardent amour que ni le temps ni les difficultés n'ont rebuté, et qui, vous faisant négliger et parents et patrie, arrête vos pas en ces lieux, y tient en ma faveur votre fortune déguisée, et vous a réduit, pour me voir, à vous revêtir de l'emploi de domestique [1033] de mon père. Tout cela fait chez moi, sans doute, un merveilleux effet ; et c'en est assez, à mes yeux, pour me justifier l'engagement où j'ai pu consentir ; mais ce n'est pas assez peut-être pour le justifier aux autres, et je ne suis pas sûre qu'on entre dans mes sentiments.

Valère

De tout ce que vous avez dit, ce n'est que par mon seul amour que je prétends auprès de vous mériter quelque chose ; et quant aux scrupules que vous avez, votre père lui-même ne prend que trop de soin de vous justifier à tout le monde, et l'excès de son avarice, et la manière austère dont il vit avec ses enfants, pourraient autoriser des choses plus étranges. Pardonnez-moi, charmante Élise, si j'en parle ainsi devant vous. Vous savez que, sur ce chapitre, on n'en peut pas dire de bien. Mais enfin, si je puis, comme je l'espère, retrouver mes parents, nous n'aurons pas beaucoup de peine à nous les rendre favorables. J'en attends des nouvelles avec impatience, et j'en irai chercher moi-même, si elles tardent à venir.

Élise

Ah ! Valère, ne bougez d'ici, je vous prie, et songez seulement à vous bien mettre dans l'esprit de mon père.

Valère

Vous voyez comme je m'y prends, et les adroites complaisances qu'il m'a fallu mettre en usage pour m'introduire à son service ; sous quel masque de sympathie et de rapports de sentiments je me déguise pour lui plaire, et quel personnage je joue tous les jours avec lui, afin d'acquérir sa tendresse. J'y fais des progrès admirables ; et j'éprouve que, pour gagner les hommes, il n'est point de meilleure voie que de se parer à leurs yeux de leurs inclinations, que de donner dans leurs maximes, encenser leurs défauts, et applaudir à ce qu'ils font. On n'a que faire d'avoir peur de trop charger la complaisance ; et la manière dont on les joue a beau être visible, les plus fins toujours sont de grandes dupes du côté de la flatterie, et il n'y a rien de si impertinent et de si ridicule qu'on ne fasse avaler, lorsqu'on l'assaisonne en louanges. La sincérité souffre un peu au métier que je fais ; mais, quand on a besoin des hommes, il faut bien s'ajuster à eux, et puisqu'on ne saurait les gagner que par là, ce n'est pas la faute de ceux qui flattent, mais de ceux qui veulent être flattés.

Élise

Mais que ne tâchez-vous aussi de gagner l'appui de mon frère, en cas que la servante s'avisât de révéler notre secret ?

Valère

On ne peut pas ménager l'un et l'autre ; et l'esprit du père et celui du fils sont des choses si opposées, qu'il est difficile d'accommoder ces deux confidences ensemble. Mais vous, de votre part, agissez auprès de votre frère, et servez-vous de l'amitié qui est entre vous deux pour le jeter dans nos intérêts. Il vient. Je me retire. Prenez ce temps pour lui parler, et ne lui découvrez de notre affaire que ce que vous jugerez à propos.

Élise

Je ne sais si j'aurai la force de lui faire cette confidence.

Scène II
Cléante, Élise.

Cléante

Je suis bien aise de vous trouver seule, ma soeur ; et je brûlais de vous parler, pour m'ouvrir à vous d'un secret.

Élise

Me voilà prête à vous ouïr, mon frère. Qu'avez-vous à me dire ?

Cléante

Bien des choses, ma soeur, enveloppées dans un mot. J'aime.

Élise

Vous aimez ?

Cléante

Oui, j'aime. Mais, avant que d'aller plus loin, je sais que je dépends d'un père, et que le nom de fils me soumet à ses volontés ; que nous ne devons point engager notre foi sans le consentement de ceux dont nous tenons le jour ; que le ciel les a faits les maîtres de nos voeux, et qu'il nous est enjoint de n'en disposer que par leur conduite ; que, n'étant prévenus d'aucune folle ardeur, ils sont en état de se tromper bien moins que nous et de voir beaucoup mieux ce qui nous est propre ; qu'il en faut plutôt croire les lumières de leur prudence que l'aveuglement de notre passion ; et que l'emportement de la jeunesse nous entraîne le plus souvent dans des précipices fâcheux. Je vous dis tout cela, ma soeur, afin que vous ne vous donniez pas la peine de me le dire ; car enfin mon amour ne veut rien écouter, et je vous prie de ne me point faire de remontrances.

Élise

Vous êtes-vous engagé, mon frère, avec celle que vous aimez ?

Cléante

Non ; mais j'y suis résolu, et je vous conjure encore une fois de ne me point apporter de raisons pour m'en dissuader.

Élise

Suis-je, mon frère, une si étrange personne ?

Cléante

Non, ma soeur ; mais vous n'aimez pas ; vous ignorez la douce violence qu'un tendre amour fait sur nos coeurs, et j'appréhende votre sagesse.

Élise

Hélas ! mon frère, ne parlons point de ma sagesse : il n'est personne qui n'en manque, du moins une fois en sa vie ; et, si je vous ouvre mon coeur, peut-être serai-je à vos yeux bien moins sage que vous.

Cléante

Ah ! plût au ciel que votre âme, comme la mienne… !

Élise

Finissons auparavant votre affaire, et me dites qui est celle que vous aimez.

Cléante

Une jeune personne qui loge depuis peu en ces quartiers, et qui semble être faite pour donner de l'amour à tous ceux qui la voient. La nature, ma soeur, n'a rien formé de plus aimable ; et je me sentis transporté dès le moment que je la vis. Elle se nomme Mariane et vit sous la conduite d'une bonne femme de mère qui est presque toujours malade, et pour qui cette aimable fille a des sentiments d'amitié qui ne sont pas imaginables. Elle la sert, la plaint et la console avec une tendresse qui vous toucherait l'âme. Elle se prend d'un air le plus charmant du monde aux choses qu'elle fait ; et l'on voit briller mille grâces en toutes ses actions, une douceur pleine d'attraits, une bonté toute engageante, une honnêteté adorable, une... Ah ! ma soeur, je voudrais que vous l'eussiez vue !

Élise

J'en vois beaucoup, mon frère, dans les choses que vous me dites ; et, pour comprendre ce qu'elle est, il me suffit que vous l'aimez.

Cléante

J'ai découvert sous main qu'elles ne sont pas fort accommodées [1034], et que leur discrète conduite a de la peine à étendre à tous leurs besoins le bien qu'elles peuvent avoir. Figurez-vous, ma soeur, quelle joie ce peut être que de relever la fortune d'une personne que l'on aime ; que de donner adroitement quelques petits secours aux modestes nécessités d'une vertueuse famille ; et concevez quel déplaisir ce m'est de voir que, par l'avarice d'un père, je sois dans l'impuissance de goûter cette joie, et de faire éclater à cette belle aucun témoignage de mon amour.

Élise

Oui, je conçois assez, mon frère, quel doit être votre chagrin.

Cléante

Ah ! ma soeur, il est plus grand qu'on ne peut croire. Car, enfin, peut-on rien voir de plus cruel que cette rigoureuse épargne qu'on exerce sur nous, que cette sécheresse étrange où l'on nous fait languir ? Eh ! que nous servira d'avoir du bien, s'il ne nous vient que dans le temps que nous ne serons plus dans le bel âge d'en jouir, et si, pour m'entretenir même, il faut que maintenant je m'engage de tous côtés ; si je suis réduit avec vous à chercher tous les jours le secours des marchands, pour avoir moyen de porter des habits raisonnables ? Enfin, j'ai voulu vous parler pour m'aider à sonder mon père sur les sentiments où je suis ; et, si je l'y trouve contraire, j'ai résolu d'aller en d'autres lieux, avec cette aimable personne, jouir de la fortune que le ciel voudra nous offrir. Je fais chercher partout pour ce dessein de l'argent à emprunter ; et, si vos affaires, ma soeur, sont semblables aux miennes, et qu'il faille que notre père s'oppose à nos désirs, nous le quitterons là tous deux, et nous affranchirons de cette tyrannie où nous tient depuis si longtemps son avarice insupportable.

Élise
   Il est bien vrai que tous les jours il nous donne de plus en plus sujet de regretter la mort de notre mère, et que...

Cléante
   J'entends sa voix. Eloignons-nous un peu pour achever notre confidence ; et nous joindrons après nos forces pour venir attaquer la dureté de son humeur.

Scène III
Harpagon, La Flèche.

Harpagon
   Hors d'ici tout à l'heure, et qu'on ne réplique pas. Allons, que l'on détale de chez moi, maître juré filou, vrai gibier de potence !

La Flèche, *à part.*

Je n'ai jamais rien vu de si méchant que ce maudit vieillard, et je pense, sauf correction, qu'il a le diable au corps.

Harpagon
  Tu murmures entre tes dents ?

La Flèche
  Pourquoi me chassez-vous ?

Harpagon
  C'est bien à toi, pendard, à me demander des raisons ! Sors vite, que je ne t'assomme.

La Flèche
  Qu'est-ce que je vous ai fait ?

Harpagon
  Tu m'as fait que je veux que tu sortes.

La Flèche
  Mon maître, votre fils, m'a donné ordre de l'attendre.

Harpagon
  Va-t'en l'attendre dans la rue, et ne sois point dans ma maison planté tout droit comme un piquet, à observer ce qui se passe et faire ton profit de tout. Je ne veux point avoir sans cesse devant moi un espion de mes affaires, un traître dont les yeux maudits assiègent toutes mes actions, dévorent ce que je possède, et furètent de tous côtés pour voir s'il n'y a rien à voler.

La Flèche

Comment diantre voulez-vous qu'on fasse pour vous voler ? Êtes-vous un homme volable, quand vous renfermez toutes choses, et faites sentinelle jour et nuit ?

Harpagon

Je veux renfermer ce que bon me semble, et faire sentinelle comme il me plaît. Ne voilà pas de mes mouchards, qui prennent garde à ce qu'on fait ?
Bas, à part.
Je tremble qu'il n'ait soupçonné quelque chose de mon argent.
Haut.
Ne serais-tu point homme à aller faire courir le bruit que j'ai chez moi de l'argent caché ?

La Flèche

Vous avez de l'argent caché ?

Harpagon

Non, coquin, je ne dis pas cela.
Bas.
J'enrage !
Haut.
Je demande si, malicieusement, tu n'irais point faire courir le bruit que j'en ai.

La Flèche

Eh ! que nous importe que vous en ayez, ou que vous n'en ayez pas, si c'est pour nous la même chose ?

Harpagon, *levant la main pour donner un soufflet à la Flèche* .

Tu fais le raisonneur ! Je te baillerai de ce raisonnement-ci par les oreilles. Sors d'ici, encore une fois.

La Flèche
  Eh bien, je sors.

Harpagon
  Attends : ne m'emportes-tu rien ?

La Flèche
  Que vous emporterais-je ?

Harpagon
  Tiens, viens çà, que je voie. Montre-moi tes mains.

La Flèche
  Les voilà.

Harpagon
  Les autres.

La Flèche
  Les autres ?

Harpagon
  Oui.

La Flèche
  Les voilà.

Harpagon, *montrant les hauts-de-chausses de la Flèche* .

N'as-tu rien mis ici dedans ?

La Flèche
 Voyez vous-même.

Harpagon, *tâtant le bas des hauts-de-chausses de la Flèche.*

Ces grands hauts-de-chausses sont propres à devenir les recéleurs des choses qu'on dérobe ; et je voudrais qu'on en eût fait pendre quelqu'un.

La Flèche, *à part.*
 Ah ! qu'un homme comme cela mériterait bien ce qu'il craint ! Et que j'aurais de joie à le voler !

Harpagon
 Euh ?

La Flèche
 Quoi ?

Harpagon
 Qu'est-ce que tu parles de voler ?

La Flèche
 Je vous dis que vous fouillez bien partout, pour voir si je vous ai volé.

Harpagon
 C'est ce que je veux faire.
 Harpagon fouille dans les poches de La Flèche.

La Flèche *à part.*

La peste soit de l'avarice et des avaricieux !

Harpagon
 Comment ? que dis-tu ?

La Flèche
 Ce que je dis ?

Harpagon
 Oui. Qu'est-ce que tu dis d'avarice et d'avaricieux ?

La Flèche
 Je dis que la peste soit de l'avarice et des avaricieux !

Harpagon
 De qui veux-tu parler ?

La Flèche
 Des avaricieux.

Harpagon
 Et qui sont-ils, ces avaricieux ?

La Flèche
 Des vilains et des ladres.

Harpagon
 Mais qui est-ce que tu entends par là ?

La Flèche
 De quoi vous mettez-vous en peine ?

Harpagon

Je me mets en peine de ce qu'il faut.

La Flèche

Est-ce que vous croyez que je veux parler de vous ?

Harpagon

Je crois ce que je crois ; mais je veux que tu me dises à qui tu parles quand tu dis cela.

La Flèche

Je parle... je parle à mon bonnet.

Harpagon

Et moi, je pourrais bien parler à ta barrette [1035] .

La Flèche

M'empêcherez-vous de maudire les avaricieux ?

Harpagon

Non ; mais je t'empêcherai de jaser et d'être insolent. Tais-toi.

La Flèche

Je ne nomme personne.

Harpagon

Je te rosserai si tu parles.

La Flèche

Qui se sent morveux, qu'il se mouche.

Harpagon
Te tairas-tu ?

La Flèche
Oui, malgré moi.

Harpagon
Ah ! Ah !

La Flèche, *montrant à Harpagon une poche de son justaucorps* .

Tenez, voilà encore une poche : êtes-vous satisfait ?

Harpagon
Allons, rends-le-moi sans te fouiller [1036] .

La Flèche
Quoi ?

Harpagon
Ce que tu m'as pris.

La Flèche
Je ne vous ai rien pris du tout.

Harpagon
Assurément ?

La Flèche
Assurément.

Harpagon
 Adieu. Va-t-en à tous les diables !

La Flèche
 Me voilà fort bien congédié.

Harpagon
 Je te le mets sur ta conscience, au moins.

Scène IV
Harpagon.

Harpagon

Voilà un pendard de valet qui m'incommode fort ; et je ne me plais point à voir ce chien de boiteux-là [1037] . Certes, ce n'est pas une petite peine que de garder chez soi une grande somme d'argent ; et bienheureux qui a tout son fait [1038] bien placé, et ne conserve seulement que ce qu'il faut pour sa dépense ! On n'est pas peu embarrassé à inventer, dans toute une maison, une cache fidèle ; car pour moi, les coffres-forts me sont suspects et je ne veux jamais m'y fier. Je les tiens justement une franche amorce à voleurs, et c'est toujours la première chose que l'on va attaquer.

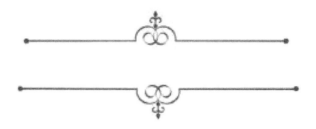

Scène V
Harpagon ; Élise et Cléante
Ils parlent ensemble, et restent dans le fond du théâtre.

Harpagon, *se croyant seul* .
  Cependant, je ne sais si j'aurai bien fait d'avoir enterré dans mon jardin dix mille écus qu'on me rendit hier. Dix mille écus en or, chez soi, est une somme assez...
À part, apercevant Élise et Cléante.
  O ciel ! je me serai trahi moi-même ! la chaleur m'aura emporté, et je crois que j'ai parlé haut en raisonnant tout seul.
À Cléante et Élise.
  Qu'est-ce ?

Cléante
  Rien, mon père.

Harpagon
  Y a-t-il longtemps que vous êtes là ?

Élise
  Nous ne venons que d'arriver.

Harpagon
  Vous avez entendu...

Cléante
Quoi, mon père ?

Harpagon
Là...

Élise
Quoi ?

Harpagon
Ce que je viens de dire.

Cléante
Non.

Harpagon
Si fait, si fait.

Élise
Pardonnez-moi.

Harpagon
Je vois bien que vous en avez ouï quelques mots. C'est que je m'entretenais en moi-même de la peine qu'il y a aujourd'hui à trouver de l'argent, et je disais qu'il est bien heureux qui peut avoir dix mille écus chez soi.

Cléante
Nous feignions [1039] à vous aborder, de peur de vous interrompre.

Harpagon
  Je suis bien aise de vous dire cela, afin que vous n'alliez pas prendre les choses de travers, et vous imaginer que je dise que c'est moi qui ai dix mille écus.

Cléante
  Nous n'entrons point dans vos affaires.

Harpagon
  Plût à Dieu que je les eusse, dix mille écus !

Cléante
  Je ne crois pas...

Harpagon
  Ce serait une bonne affaire pour moi.

Élise
  Ces sont des choses...

Harpagon
  J'en aurais bon besoin.

Cléante
  Je pense que...

Harpagon
  Cela m'accommoderait fort.

Élise
  Vous êtes...

Harpagon

Et je ne me plaindrais pas, comme je le fais, que le temps est misérable.

Cléante

Mon Dieu ! mon père, vous n'avez pas lieu de vous plaindre et l'on sait que vous avez assez de bien.

Harpagon

Comment, j'ai assez de bien ! Ceux qui le disent en ont menti. Il n'y a rien de plus faux ; et ce sont des coquins qui font courir tous ces bruits-là.

Élise

Ne vous mettez point en colère.

Harpagon

Cela est étrange que mes propres enfants me trahissent et deviennent mes ennemis.

Cléante

Est-ce être votre ennemi que de dire que vous avez du bien ?

Harpagon

Oui. De pareils discours, et les dépenses que vous faites, seront cause qu'un de ces jours on me viendra chez moi couper la gorge, dans la pensée que je suis tout cousu de pistoles.

Cléante

Quelle grande dépense est-ce que je fais ?

Harpagon

Quelle ? Est-il rien de plus scandaleux que ce somptueux

équipage que vous promenez par la ville ? Je querellais hier votre soeur ; mais c'est encore pis. Voilà qui crie vengeance au ciel ; et, à vous prendre depuis les pieds jusqu'à la tête, il y aurait là de quoi faire une bonne constitution [1040] . Je vous l'ai dit vingt fois, mon fils, toutes vos manières me déplaisent fort ; vous donnez furieusement dans le marquis ; et, pour aller ainsi vêtu, il faut bien que vous me dérobiez.

Cléante

Eh ! comment vous dérober ?

Harpagon

Que sais-je ? Où pouvez-vous donc prendre de quoi entretenir l'état que vous portez ?

Cléante

Moi, mon père ? C'est que je joue ; et, comme je suis fort heureux, je mets sur moi tout l'argent que je gagne.

Harpagon

C'est fort mal fait. Si vous êtes heureux au jeu, vous en devriez profiter, et mettre à honnête intérêt l'argent que vous gagnez afin de le trouver un jour. Je voudrais bien savoir, sans parler du reste, à quoi servent tous ces rubans dont vous voilà lardé depuis les pieds jusqu'à la tête, et si une demi-douzaine d'aiguillettes [1041] ne suffit pas pour attacher un haut-de-chausses. Il est bien nécessaire d'employer de l'argent à des perruques lorsque l'on peut porter des cheveux de son cru, qui ne coûtent rien ! Je vais gager qu'en perruques et rubans il y a du moins vingt pistoles ; et vingt pistoles rapportent par année dix-huit livres six sols huit deniers, à ne les placer qu'au denier douze [1042] .

Cléante

Vous avez raison.

Harpagon

Laissons cela, et parlons d'autre affaire. Euh ?
Apercevant Cléante et Élise qui se font des signes.
Eh !
Bas, à part.
Je crois qu'ils se font signe l'un à l'autre de me voler ma bourse.
Haut.
Que veulent dire ces gestes-là ?

Élise

Nous marchandons, mon frère et moi, à qui parlera le premier, et nous avons tous deux quelque chose à vous dire.

Harpagon

Et moi, j'ai quelque chose aussi à vous dire à tous deux.

Cléante

C'est de mariage, mon père, que nous désirons vous parler.

Harpagon

Et c'est de mariage aussi que je veux vous entretenir.

Élise

Ah ! mon père !

Harpagon

Pourquoi ce cri ? Est-ce le mot, ma fille, ou la chose, qui vous fait peur ?

Cléante

Le mariage peut nous faire peur à tous deux, de la façon que vous pouvez l'entendre ; et nous craignons que nos sentiments ne soient pas d'accord avec votre choix.

Harpagon

Un peu de patience ; ne vous alarmez point. Je sais ce qu'il faut à tous deux, et vous n'aurez, ni l'un ni l'autre, aucun lieu de vous plaindre de tout ce que je prétends faire ; et, pour commencer par un bout,
À Cléante.

Avez-vous vu, dites-moi, une jeune personne appelée Mariane, qui ne loge pas loin d'ici ?

Cléante

Oui, mon père.

Harpagon

Et vous ?

Élise

J'en ai ouï parler.

Harpagon

Comment, mon fils, trouvez-vous cette fille ?

Cléante

Une fort charmante personne.

Harpagon

Sa physionomie ?

Cléante

Tout honnête et pleine d'esprit.

Harpagon
   Son air et sa manière ?

Cléante
   Admirables, sans doute.

Harpagon
   Ne croyez-vous pas qu'une fille comme cela mériterait assez que
l'on songeât à elle ?

Cléante
   Oui, mon père.

Harpagon
   Que ce serait un parti souhaitable ?

Cléante
   Très souhaitable.

Harpagon
   Qu'elle a toute la mine de faire un bon ménage ?

Cléante
   Sans doute.

Harpagon
   Et qu'un mari aurait satisfaction avec elle ?

Cléante
   Assurément.

Harpagon

Il y a une petite difficulté : c'est que j'ai peur qu'il n'y ait pas, avec elle, tout le bien qu'on pourrait prétendre.

Cléante

Ah ! mon père, le bien n'est pas considérable, lorsqu'il est question d'épouser une honnête personne.

Harpagon

Pardonnez-moi, pardonnez-moi. Mais ce qu'il y a à dire, c'est que, si l'on n'y trouve pas tout le bien qu'on souhaite, on peut tâcher de regagner cela sur autre chose.

Cléante

Cela s'entend.

Harpagon

Enfin je suis bien aise de vous voir dans mes sentiments ; car son maintien honnête et sa douceur m'ont gagné l'âme, et je suis résolu de l'épouser, pourvu que j'y trouve quelque bien.

Cléante

Euh ?

Harpagon

Comment ?

Cléante

Vous êtes résolu, dites-vous... ?

Harpagon

D'épouser Mariane.

Cléante
  Qui ? Vous, vous ?

Harpagon
  Oui, moi, moi, moi. Que veut dire cela ?

Cléante
  Il m'a pris tout à coup un éblouissement, et je me retire d'ici.

Harpagon
  Cela ne sera rien. Allez vite boire dans la cuisine un grand verre d'eau claire.

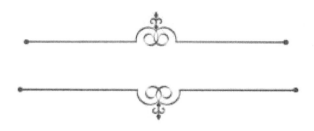

Scène VI
Harpagon, Élise.

Harpagon

Voilà de mes damoiseaux flouets [1043] qui n'ont non plus de vigueur que des poules. C'est là, ma fille, ce que j'ai résolu pour moi. Quant à ton frère, je lui destine une certaine veuve dont, ce matin, on m'est venu parler ; et, pour toi, je te donne au seigneur Anselme.

Élise

Au seigneur Anselme ?

Harpagon

Oui, Un homme mûr, prudent et sage, qui n'a pas plus de cinquante ans, et dont on vante les grands biens.

Élise, *faisant une révérence.*

Je ne veux point me marier, mon père, s'il vous plaît.

Harpagon, *contrefaisant Élise.*

Et moi, ma petite fille, ma mie, je veux que vous vous mariiez, s'il vous plaît.

Élise, *faisant encore la révérence.*

Je vous demande pardon, mon père.

Harpagon, *contrefaisant Élise* .

Je vous demande pardon, ma fille.

Élise
  Je suis très humble servante au seigneur Anselme ; mais,
  Faisant encore la révérence.
  avec votre permission, je ne l'épouserai point.

Harpagon
  Je suis votre très humble valet ; mais,
  Contrefaisant Élise.
  avec votre permission, vous l'épouserez dès ce soir.

Élise
  Dès ce soir ?

Harpagon
  Dès ce soir.

Élise, *faisant encore la révérence.*

Cela ne sera pas, mon père.

Harpagon, *contrefaisant encore Élise.*

Cela sera, ma fille.

Élise
  Non.

Harpagon
Si.

Élise
Non, vous dis-je.

Harpagon
Si, vous dis-je.

Élise
C'est une chose où vous ne me réduirez point.

Harpagon
C'est une chose où je te réduirai.

Élise
Je me tuerai plutôt que d'épouser un tel mari.

Harpagon
Tu ne te tueras point, et tu l'épouseras. Mais voyez quelle
audace ! A-t-on jamais vu une fille parler de la sorte à son père ?

Élise
Mais a-t-on jamais vu un père marier sa fille de la sorte ?

Harpagon
C'est un parti où il n'y a rien à redire ! et je gage que tout le
monde approuvera mon choix.

Élise
Et moi, je gage qu'il ne saurait être approuvé d'aucune personne

raisonnable.

Harpagon, *apercevant Valère de loin.*

Voilà Valère. Veux-tu qu'entre nous deux nous le fassions juge de cette affaire ?

Élise
  J'y consens.

Harpagon
  Te rendras-tu à son jugement ?

Élise
  Oui. J'en passerai par ce qu'il dira.

Harpagon
  Voilà qui est fait.

Scène VII

Valère, Harpagon, Élise.

Harpagon
Ici, Valère. Nous t'avons élu pour nous dire qui a raison de ma fille ou de moi.

Valère
C'est vous, monsieur, sans contredit.

Harpagon
Sais-tu bien de quoi nous parlons ?

Valère
Non ; mais vous ne sauriez avoir tort, et vous êtes toute raison.

Harpagon
Je veux ce soir lui donner pour époux un homme aussi riche que sage ; et la coquine me dit au nez qu'elle se moque de le prendre. Que dis-tu de cela ?

Valère
Ce que j'en dis ?

Harpagon
Oui.

Valère
Eh ! hé !

Harpagon
Quoi !

Valère
Je dis que, dans le fond, je suis de votre sentiment ; et vous ne pouvez pas que vous n'ayez raison [1044] . mais aussi n'a-t-elle pas tort tout à fait, et...

Harpagon
Comment ? Le seigneur Anselme est un parti considérable ; c'est un gentilhomme qui est noble, doux, posé, sage et fort accommodé [1045] , et auquel il ne reste aucun enfant de son premier mariage. Saurait-elle mieux rencontrer ?

Valère
Cela est vrai. Mais elle pourrait vous dire que c'est un peu précipiter les choses, et qu'il faudrait au moins quelque temps pour voir si son inclination pourra s'accommoder avec...

Harpagon
C'est une occasion qu'il faut prendre vite aux cheveux. Je trouve ici un avantage qu'ailleurs je ne trouverais pas ; et il s'engage à la prendre sans dot.

Valère
Sans dot ?

Harpagon
   Oui.

Valère
   Ah ! je ne dis plus rien. Voyez-vous ? voilà une raison tout à fait
convaincante ; il se faut rendre à cela.

Harpagon
   C'est pour moi une épargne considérable.

Valère
   Assurément ; cela ne reçoit point de contradiction. Il est vrai
que votre fille vous peut représenter que le mariage est une plus
grande affaire qu'on nè peut croire ; qu'il y va d'être heureux ou
malheureux toute sa vie ; et qu'un engagement qui doit durer
jusqu'à la mort ne se doit jamais faire qu'avec de grandes
précautions.

Harpagon
   Sans dot !

Valère
   Vous avez raison ! voilà qui décide tout ; cela s'entend. Il y a des
gens qui pourraient vous dire qu'en de telles occasions
l'inclination d'une fille est une chose, sans doute, où l'on doit
avoir de l'égard ; et que cette grande inégalité d'âge, d'humeur et
de sentiments, rend un mariage sujet à des accidents fâcheux.

Harpagon
   Sans dot !

Valère
   Ah ! il n'y a pas de réplique à cela ; on le sait bien ! Qui diantre

peut aller là contre ? Ce n'est pas qu'il n'y ait quantité de pères qui aimeraient mieux ménager la satisfaction de leurs filles que l'argent qu'ils pourraient donner ; qui ne les voudraient point sacrifier à l'intérêt, et chercheraient, plus que toute autre chose, à mettre dans un mariage cette douce conformité qui sans cesse y maintient l'honneur, la tranquillité et la joie ; et que...

Harpagon
  Sans dot !

Valère
  Il est vrai ; cela ferme la bouche à tout. Sans dot ! Le moyen de résister à une raison comme celle-là !

Harpagon, *à part, regardant du côté le jardin.*

Ouais ! Il me semble que j'entends un chien qui aboie. N'est-ce point qu'on en voudrait à mon argent ?
  À Valère.
  Ne bougez, je reviens tout à l'heure.

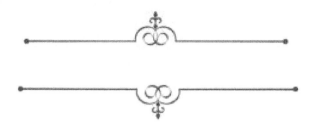

Scène VIII
Élise, Valère.

Élise
Vous moquez-vous, Valère, de lui parler comme vous faites ?

Valère
C'est pour ne point l'aigrir, et pour en venir mieux à bout. Heurter de front ses sentiments est le moyen de tout gâter ; et il y a de certains esprits qu'il ne faut prendre qu'en biaisant ; des tempéraments ennemis de toute résistance ; des naturels rétifs, que la vérité fait cabrer, qui toujours se raidissent contre le droit chemin de la raison, et qu'on ne mène qu'en tournant où l'on veut les conduire. Faites semblant de consentir à ce qu'il veut, vous en viendrez mieux à vos fins, et...

Élise
Mais ce mariage, Valère !

Valère
On cherchera des biais pour le rompre.

Élise
Mais quelle invention trouver, s'il se doit conclure ce soir ?

Valère

Il faut demander un délai, et feindre quelque maladie.

Élise

Mais on découvrira la feinte, si l'on appelle des médecins.

Valère

Vous moquez-vous ? Y connaissent-ils quelque chose ? Allez,
allez, vous pourrez avec eux avoir quel mal il vous plaira, ils vous
trouveront des raisons pour vous dire d'où cela vient.

Scène IX

Harpagon, Valère, Élise.

Harpagon, *à part, dans le fond du théâtre.*

Ce n'est rien, Dieu merci.

Valère, *sans voir Harpagon* .

Enfin notre dernier recours, c'est que la fuite nous peut mettre à
couvert de tout ; et, si votre amour, belle Élise, est capable d'une
fermeté...
Apercevant Harpagon.
 Oui, il faut qu'une fille obéisse à son père. Il ne faut point qu'elle
regarde comme un mari est fait ; et lorsque la grande raison de
sans dot s'y rencontre, elle doit être prête à prendre tout ce
qu'on lui donne.

Harpagon
 Bon : voilà bien parlé, cela !

Valère
 Monsieur, je vous demande pardon si je m'emporte un peu, et
prends la hardiesse de lui parler comme je fais.

Harpagon
 Comment ! j'en suis ravi, et je veux que tu prennes sur elle un
pouvoir absolu.

À Élise.

 Oui, tu as beau fuir, je lui donne l'autorité que le ciel me donne sur toi, et j'entends que tu fasses tout ce qu'il te dira.

Valère, *à Élise* .

Après cela, résistez à mes remontrances.

Scène X
Harpagon, Valère.

Valère

Monsieur, je vais la suivre, pour continuer les leçons que je lui faisais.

Harpagon

Oui, tu m'obligeras. Certes...

Valère

Il est bon de lui tenir un peu la bride haute.

Harpagon

Cela est vrai. Il faut...

Valère

Ne vous mettez pas en peine, je crois que j'en viendrai à bout.

Harpagon

Fais, fais. Je m'en vais faire un petit tour en ville, et reviens tout à l'heure.

Valère, *adressant la parole à Élise, en s'en allant du côté par où elle est sortie.*

Oui, l'argent est plus précieux que toutes les choses du monde, et vous devez rendre grâce au ciel de l'honnête homme de père qu'il vous a donné. Il sait ce que c'est que de vivre. Lorsqu'on s'offre de prendre une fille *sans dot* , on ne doit point regarder plus avant. Tout est renfermé là-dedans ; et « sans dot » tient lieu de beauté, de jeunesse, de naissance, d'honneur, de sagesse, et de probité.

Harpagon
  Ah ! le brave garçon ! Voilà parlé comme un oracle. Heureux qui peut avoir un domestique [1046] de la sorte !

Acte II

Scène première
Cléante, La Flèche.

Cléante

Ah ! traître que tu es ! où t'es-tu donc allé fourrer ? Ne t'avais-je pas donné ordre… ?

La Flèche

Oui, Monsieur ; et je m'étais rendu ici pour vous attendre de pied ferme : mais monsieur votre père, le plus malgracieux des hommes, m'a chassé dehors malgré moi, et j'ai couru le risque d'être battu.

Cléante

Comment va notre affaire ? Les choses pressent plus que jamais ; et, depuis que je t'ai vu, j'ai découvert que mon père est mon rival.

La Flèche

Votre père amoureux ?

Cléante

Oui ; et j'ai eu toutes les peines du monde à lui cacher le trouble où cette nouvelle m'a mis.

La Flèche

Lui, se mêler d'aimer ! De quoi diable s'avise-t-il ? Se moque-t-il du monde ? Et l'amour a-t-il été fait pour des gens bâtis comme lui ?

Cléante

Il a fallu, pour mes péchés, que cette passion lui soit venue en tête.

La Flèche

Mais par quelle raison lui faire un mystère de votre amour ?

Cléante

Pour lui donner moins de soupçon, et me conserver, au besoin, des ouvertures plus aisées pour détourner ce mariage. Quelle réponse t'a-t-on faite ?

La Flèche

Ma foi, Monsieur, ceux qui empruntent sont bien malheureux ; et il faut essuyer d'étranges choses, lorsqu'on en est réduit à passer, comme vous, par les mains des fesse-matthieux.

Cléante

L'affaire ne se fera point ?

La Flèche

Pardonnez-moi. Notre maître Simon, le courtier qu'on nous a donné, homme agissant et plein de zèle, dit qu'il a fait rage pour vous, et il assure que votre seule physionomie lui a gagné le coeur.

Cléante

J'aurai les quinze mille francs que je demande ?

La Flèche

Oui ; mais à quelques petites conditions qu'il faudra que vous acceptiez, si vous avez dessein que les choses se fassent.

Cléante

T'a-t-il fait parler à celui qui doit prêter l'argent ?

La Flèche

Ah ! vraiment, cela ne va pas de la sorte. Il apporte encore plus de soin à se cacher que vous ; et ce sont des mystères bien plus grands que vous ne pensez. On ne veut point du tout dire son nom ; et l'on doit aujourd'hui l'aboucher avec vous dans une maison empruntée, pour être instruit par votre bouche de votre bien et de votre famille ; et je ne doute point que le seul nom de votre père ne rende les choses faciles.

Cléante

Et principalement notre mère étant morte, dont on ne peut m'ôter le bien.

La Flèche

Voici quelques articles qu'il a dictés lui-même à notre entremetteur, pour vous être montrés avant que de rien faire : « Supposé que le prêteur voie toutes ses sûretés, et que l'emprunteur soit majeur et d'une famille où le bien soit ample, solide, assuré, clair, et net de tout embarras, on fera une bonne et exacte obligation par-devant un notaire, le plus honnête homme qu'il se pourra, et qui, pour cet effet sera choisi par le prêteur, auquel il importe le plus que l'acte soit dûment dressé. »

Cléante

Il n'y a rien à dire à cela.

La Flèche

« Le prêteur, pour ne charger Sa conscience d'aucun scrupule, prétend ne donner son argent qu'au denier dix-huit [1047] . »

Cléante

Au denier dix-huit ? Parbleu, voilà qui est honnête ! Il n'y a pas lieu de se plaindre.

La Flèche

Cela est vrai. « Mais, comme ledit prêteur n'a pas chez lui la somme dont il est question, et que, pour faire plaisir à l'emprunteur il est contraint lui-même de l'emprunter d'un autre sur le pied du denier cinq [1048] , il conviendra que ledit premier emprunteur paye cet intérêt, sans préjudice du reste, attendu que ce n'est que pour l'obliger que ledit prêteur s'engage à cet emprunt. »

Cléante

Comment diable ! Quel Juif, quel Arabe est-ce là ? C'est plus qu'au denier quatre.

La Flèche

Il est vrai ; c'est ce que j'ai dit. Vous avez à voir là-dessus.

Cléante

Que veux-tu que je voie ? J'ai besoin d'argent, et il faut bien que je consente à tout.

La Flèche
C'est la réponse que j'ai faite.

Cléante
Il y a encore quelque chose ?

La Flèche
Ce n'est plus qu'un petit article. « Des quinze mille francs qu'on demande, le prêteur ne pourra compter en argent que douze mille livres ; et, pour les mille écus restants, il faudra que l'emprunteur prenne les hardes, nippes, bijoux, dont s'ensuit le mémoire, et que ledit prêteur a mis, de bonne foi, au plus modique prix qu'il lui a été possible. »

Cléante
Que veut dire cela ?

La Flèche
Ecoutez le mémoire : « Premièrement, un lit de quatre pieds à bandes de point de Hongrie, appliquées fort proprement sur un drap de couleur d'olive, avec six chaises et la courte-pointe de même : le tout bien conditionné, et doublé d'un petit taffetas changeant rouge et bleu. Plus, un pavillon à queue, d'une bonne serge d'Aumale rose sèche, avec le mollet et les franges de soie. »

Cléante
Que veut-il que je fasse de cela ?

La Flèche
Attendez. « Plus une tenture de tapisserie des Amours de Gombaud et de Macée [1049] . Plus, une grande table de bois de noyer, à douze colonnes ou piliers tournés, qui se tire par les deux bouts, et garnie par le dessous de ses six escabelles. »

Cléante

Qu'ai-je affaire, morbleu…?

La Flèche

Donnez-vous patience. « Plus trois gros mousquets tout garnis de nacre de perle, avec les trois fourchettes [1050] assortissantes. Plus un fourneau de brique, avec deux cornues et trois récipients, fort utiles à ceux qui sont curieux de distiller. »

Cléante

J'enrage !

La Flèche

Doucement. « Plus, un luth de Bologne, garni de toutes ses cordes, ou peu s'en faut. Plus, un trou-madame et un damier, avec un jeu de l'oie, renouvelé des Grecs, fort propres à passer le temps lorsque l'on n'a que faire. Plus, une peau d'un lézard de trois pieds et demi, remplie de foin ; curiosité agréable pour pendre au plancher d'une chambre. Le tout, ci-dessus mentionné, valant loyalement plus de quatre mille cinq cents livres, et rabaissé à la valeur de mille écus par la discrétion du prêteur. »

Cléante

Que la peste l'étouffe avec sa discrétion, le traître, le bourreau qu'il est ! A-t-on jamais parlé d'une usure semblable, et n'est-il pas content du furieux intérêt qu'il exige, sans vouloir encore m'obliger à prendre pour trois mille livres les vieux rogatons qu'il ramasse ? Je n'aurai pas deux cents écus de tout cela ; et cependant il faut bien me résoudre à consentir à ce qu'il veut : car il est en état de me faire tout accepter, et il me tient, le scélérat, le poignard sur la gorge.

La Flèche

Je vous vois, Monsieur, ne vous en déplaise, dans le grand chemin justement que tenait Panurge pour se ruiner, prenant

argent d'avance, achetant cher, vendant à bon marché et
mangeant son blé en herbe.

Cléante

   Que veux-tu que j'y fasse ? Voilà où les jeunes gens sont réduits
par la maudite avarice des pères ; et on s'étonne, après cela, que
les fils souhaitent qu'ils meurent !

La Flèche

   Il faut convenir que le vôtre animerait contre sa vilenie le plus
posé homme du monde. Je n'ai pas, Dieu merci, les inclinations
fort patibulaires ; et, parmi mes confrères que je vois se mêler de
beaucoup de petits commerces, je sais tirer adroitement mon
épingle du jeu, et me démêler prudemment de toutes les
galanteries qui sentent tant soit peu l'échelle ; mais, à vous dire
vrai, il me donnerait, par ses procédés, des tentations de le voler ;
et je croirais, en le volant, faire une action méritoire.

Cléante

   Donne-moi un peu ce mémoire, que je le voie encore.

Scène II

Harpagon, Maître Simon ; Cléante, La Flèche
La Flèche est dans le fond du théâtre.

Maître Simon

Oui, Monsieur, c'est un jeune homme qui a besoin d'argent ; ses affaires le pressent d'en trouver, et il en passera par tout ce que vous en prescrirez.

Harpagon

Mais croyez-vous, maître Simon, qu'il n'y ait rien à péricliter ? et savez-vous le nom, les biens et la famille de celui pour qui vous parlez ?

Maître Simon

Non. Je ne puis pas bien vous en instruire à fond ; et ce n'est que par aventure que l'on m'a adressé à lui ; mais vous serez de toutes choses éclairci par lui-même, et son homme m'a assuré que vous serez content quand vous le connaîtrez. Tout ce que je saurais vous dire, c'est que sa famille est fort riche, qu'il n'a plus de mère déjà, et qu'il s'obligera, si vous voulez, que son père mourra avant qu'il soit huit mois.

Harpagon

C'est quelque chose que cela. La charité, maître Simon, nous oblige à faire plaisir aux personnes, lorsque nous le pouvons.

Maître Simon
Cela s'entend.

La Flèche, *bas, à Cléante, reconnaissant maître Simon* .

Que veut dire ceci ? Notre maître Simon qui parle à votre père !

Cléante, *bas, à La Flèche* .

Lui aurait-on appris qui je suis ? et serais-tu pour nous trahir ?

Maître Simon, *à Cléante et à La Flèche* .

Ah ! ah ! vous êtes bien pressés ! Qui vous a dit que c'était céans ? (*À Harpagon.*) Ce n'est pas moi, Monsieur, au moins, qui leur ai découvert votre nom et votre logis ; mais, à mon avis, il n'y a pas grand mal à cela : ce sont des personnes discrètes, et vous pouvez ici vous expliquer ensemble.

Harpagon
Comment ?

Maître Simon, *montrant Cléante* .

Monsieur est la personne qui veut vous emprunter les quinze mille livres dont je vous ai parlé.

Harpagon
Comment, pendard ! c'est toi qui t'abandonnes à ces coupables extrémités !

Cléante
Comment ! mon père, c'est vous qui vous portez à ces honteuses actions !

Maître Simon s'enfuit, et La Flèche va se cacher .

Scène III
Harpagon, Cléante.

Harpagon
C'est toi qui te veux ruiner par des emprunts si condamnables !

Cléante
C'est vous qui cherchez à vous enrichir par des usures si criminelles !

Harpagon
Oses-tu bien, après cela, paraître devant moi ?

Cléante
Osez-vous bien, après cela, vous présenter aux yeux du monde ?

Harpagon
N'as-tu point de honte, dis-moi, d'en venir à ces débauches-là, de te précipiter dans des dépenses effroyables, et de faire une honteuse dissipation du bien que tes parents t'ont amassé avec tant de sueurs ?

Cléante
Ne rougissez-vous point de déshonorer votre condition par les commerces que vous faites ; de sacrifier gloire et réputation au désir insatiable d'entasser écu sur écu, et de renchérir, en fait d'intérêts, sur les plus infâmes subtilités qu'aient jamais

inventées les plus célèbres usuriers ?

Harpagon
  Ôte-toi de mes yeux, coquin ! ôte-toi de mes yeux !

Cléante
  Qui est plus criminel, à votre avis, ou celui qui achète un argent
dont il a besoin, ou bien celui qui vole un argent dont il n'a que
faire ?

Harpagon
  Retire-toi, te dis-je, et ne m'échauffe pas les oreilles. (*Seul.*) Je
ne suis pas fâché de cette aventure ; et ce m'est un avis de tenir
l'oeil plus que jamais sur toutes ses actions.

Scène IV
Frosine, Harpagon.

Frosine
  Monsieur...

Harpagon
  Attendez un moment ; Je vais revenir vous parler.
  À part.
  Il est à propos que je fasse un petit tour à mon argent.

Scène V
La Flèche, Frosine.

La Flèche, *sans voir Frosine* .

L'aventure est tout à fait drôle ! Il faut bien qu'il ait quelque part un ample magasin de hardes, car nous n'avons rien reconnu au mémoire que nous avons.

Frosine
 Eh ! c'est toi, mon pauvre la Flèche ! D'où vient cette rencontre ?

La Flèche
 Ah ! ah ! c'est toi, Frosine ! Que viens-tu faire ici ?

Frosine
 Ce que je fais partout ailleurs : m'entremettre d'affaires, me rendre serviable aux gens, et profiter, du mieux qu'il m'est possible, des petits talents que je puis avoir. Tu sais que dans ce monde, il faut vivre d'adresse, et qu'aux personnes comme moi le ciel n'a donné d'autres rentes que l'intrigue et que l'industrie.

La Flèche
 As-tu quelque négoce avec le patron du logis ?

Frosine
 Oui, je traite pour lui quelque petite affaire dont j'espère récompense.

La Flèche
 De lui ? Ah ! ma foi, tu seras bien fine si tu en tires quelque chose, et je te donne avis que l'argent céans est fort cher.

Frosine
 Il y a de certains services qui touchent merveilleusement.

La Flèche

Je suis votre valet ; et tu ne connais pas encore le seigneur Harpagon. Le seigneur Harpagon est de tous les humains l'humain le moins humain, le mortel de tous les mortels le plus dur et le plus serré. Il n'est point de service qui pousse sa reconnaissance jusqu'à lui faire ouvrir les mains. De la louange, de l'estime, de la bienveillance en paroles, et de l'amitié, tant qu'il vous plaira ; mais de l'argent, point d'affaires. Il n'est rien de plus sec et de plus aride que ses bonnes grâces et ses caresses ; et donner est un mot pour qui il a tant d'aversion, qu'il ne dit jamais, Je vous donne, mais : *Je vous prête le bonjour* .

Frosine

Mon Dieu ! je sais l'art de traire les hommes ; j'ai le secret de m'ouvrir leur tendresse, de chatouiller leurs coeurs, de trouver les endroits par où ils sont sensibles.

La Flèche

Bagatelles ici. Je te défie d'attendrir du côté de l'argent l'homme dont il est question. Il est Turc là-dessus, mais d'une turquerie à désespérer tout le monde ; et l'on pourrait crever, qu'il n'en branlerait pas. En un mot, il aime l'argent plus que réputation, qu'honneur, et que vertu ; et la vue d'un demandeur lui donne des convulsions : c'est le frapper par son endroit mortel, c'est lui percer le coeur, c'est lui arracher les entrailles ; et si... Mais il revient : je me retire.

Scène VI
Harpagon, Frosine.

Harpagon, *bas.*

Tout va comme il faut.

Haut.

Eh bien ! qu'est-ce, Frosine ?

Frosine

Ah ! mon Dieu, que vous vous portez bien, et que vous avez là un vrai visage de santé !

Harpagon

Qui ? moi ?

Frosine

Jamais je ne vous vis un teint si frais et si gaillard.

Harpagon

Tout de bon ?

Frosine

Comment ! vous n'avez de votre vie été si jeune que vous êtes ; et je vois des gens de vingt-cinq ans qui sont plus vieux que vous.

Harpagon

Cependant, Frosine, j'en ai soixante bien comptés.

Frosine

Eh bien, qu'est-ce que cela, soixante ans ? Voilà bien de quoi ! C'est la fleur de l'âge, cela, et vous entrez maintenant dans la belle saison de l'homme.

Harpagon

Il est vrai ; mais vingt années de moins, pourtant, ne me feraient point de mal, que je crois.

Frosine
 Vous moquez-vous ? Vous n'avez pas besoin de cela, et vous êtes d'une pâte à vivre jusques à cent ans.

Harpagon
 Tu le crois ?

Frosine
 Assurément. Vous en avez toutes les marques. Tenez-vous un peu. Oh ! que voilà bien là, entre vos deux yeux, un signe de longue vie !

Harpagon
 Tu te connais à cela ?

Frosine
 Sans doute. Montrez-moi votre main. Mon Dieu, quelle ligne de vie !

Harpagon
 Comment ?

Frosine
 Ne voyez-vous pas jusqu'où va cette ligne-là ?

Harpagon
 Eh bien ! qu'est-ce que cela veut dire ?

Frosine
 Par ma foi, je disais cent ans ; mais vous passerez les six-vingts [1051] .

Harpagon
 Est-il possible ?

Frosine
 Il faudra vous assommer, vous dis-je ; et vous mettrez en terre et vos enfants, et les enfants de vos enfants.

Harpagon
 Tant mieux ! Comment va notre affaire ?

Frosine
 Faut-il le demander ? et me voit-on mêler de rien dont je ne vienne à bout ? J'ai, surtout pour les mariages, un talent merveilleux. Il n'est point de partis au monde que je ne trouve en peu de temps le moyen d'accoupler ; et je crois, si je me l'étais mis en tête, que je marierais le Grand Turc avec la République de Venise. Il n'y avait pas, sans doute, de si grandes difficultés à cette affaire-ci. Comme j'ai commerce chez elles, je les ai à fond l'une et l'autre entretenues de vous ; et j'ai dit à la mère le dessein que vous aviez conçu pour Mariane, à la voir passer dans la rue et prendre l'air à sa fenêtre.

Harpagon
 Qui a fait réponse...

Frosine
 Elle a reçu la proposition avec joie ; et quand je lui ai témoigné que vous souhaitiez fort que sa fille assistât ce soir au contrat de mariage qui se doit faire de la vôtre, elle y a consenti sans peine, et me l'a confiée pour cela.

Harpagon
 C'est que je suis obligé, Frosine, de donner à souper au seigneur

Anselme ; et je serai bien aise qu'elle soit du régal.

Frosine
 Vous avez raison. Elle doit, après dîner, rendre visite à votre fille, d'où elle fait son compte d'aller faire un tour à la foire, pour venir ensuite au souper.

Harpagon
  Eh bien, elles iront ensemble dans mon carrosse, que je leur prêterai.

Frosine
 Voilà justement son affaire.

Harpagon
  Mais, Frosine, as-tu entretenu la mère touchant le bien qu'elle peut donner à sa fille ? Lui as-tu dit qu'il fallait qu'elle s'aidât un peu, qu'elle fît quelque effort, qu'elle se saignât pour une occasion comme celle-ci ? Car encore n'épouse-t-on point une fille sans qu'elle apporte quelque chose.

Frosine
 Comment ! C'est une fille qui vous apportera douze mille livres de rente.

Harpagon
 Douze mille livres de rente ?

Frosine
 Oui. Premièrement, elle est nourrie et élevée dans une grande épargne de bouche. C'est une fille accoutumée à vivre de salade, de lait, de fromage et de pommes, et à laquelle, par conséquent, il ne faudra ni table bien servie, ni consommés exquis, ni orges

mondés perpétuels, ni les autres délicatesses qu'il faudrait pour une autre femme ; et cela ne va pas à si peu de chose, qu'il ne monte bien, tous les ans, à trois mille francs pour le moins. Outre cela, elle n'est curieuse que d'une propreté fort simple, et n'aime point les superbes habits, ni les riches bijoux, ni les meubles somptueux, où donnent ses pareilles avec tant de chaleur ; et cet article-là vaut plus de quatre mille livres par an. De plus, elle a une aversion horrible pour le jeu, ce qui n'est pas commun aux femmes d'aujourd'hui ; et j'en sais une de nos quartiers qui a perdu, à trente et quarante, vingt mille francs cette année. Mais n'en prenons rien que le quart. Cinq mille francs au jeu par an, et quatre mille francs en habits et bijoux, cela fait neuf mille livres, et mille écus que nous mettons pour la nourriture : ne voilà-t-il pas par année vos douze mille francs bien comptés ?

Harpagon
Oui ; cela n'est pas mal ; mais ce compte-là n'est rien de réel.

Frosine
Pardonnez-moi. N'est-ce pas quelque chose de réel que de vous apporter en mariage une grande sobriété, l'héritage d'un grand amour de simplicité de parure, et l'acquisition d'un grand fonds de haine pour le jeu ?

Harpagon
C'est une raillerie que de vouloir me constituer sa dot de toutes les dépenses qu'elle ne fera point. Je n'irai point donner quittance de ce que je ne reçois pas ; et il faut bien que je touche quelque chose.

Frosine
Mon Dieu ! vous toucherez assez ; et elles m'ont parlé d'un certain pays où elles ont du bien, dont vous serez le maître.

Harpagon

Il faudra voir cela. Mais Frosine, il y a encore une chose qui m'inquiète. La fille est jeune, comme tu vois, et les jeunes gens, d'ordinaire, n'aiment que leurs semblables, ne cherchent que leur compagnie : j'ai peur qu'un homme de mon âge ne soit pas de son goût, et que cela ne vienne à produire chez moi certains petits désordres qui ne m'accommoderaient pas.

Frosine

Ah ! que vous la connaissez mal ! C'est encore une particularité que j'avais à vous dire. Elle a une aversion épouvantable pour tous les jeunes gens, et n'a de l'amour que pour les vieillards.

Harpagon

Elle ?

Frosine

Oui, elle. Je voudrais que vous l'eussiez entendue parler là-dessus. Elle ne peut souffrir du tout la vue d'un jeune homme ; mais elle n'est point plus ravie, dit-elle, que lorsqu'elle peut voir un beau vieillard avec une barbe majestueuse. Les plus vieux sont pour elle les plus charmants ; et je vous avertis de n'aller pas vous faire plus jeune que vous êtes. Elle veut tout au moins qu'on soit sexagénaire ; et il n'y a pas quatre mois encore qu'étant prête d'être mariée, elle rompit tout net le mariage, sur ce que son amant fit voir qu'il n'avait que cinquante-six ans, et qu'il ne prit point de lunettes pour signer le contrat.

Harpagon

Sur cela seulement ?

Frosine

Oui. Elle dit que ce n'est pas contentement pour elle que cinquante-six ans ; et surtout elle est pour les nez qui portent des lunettes.

Harpagon
  Certes, tu me dis là une chose toute nouvelle.

Frosine
  Cela va plus loin qu'on ne vous peut dire. On lui voit dans sa chambre quelques tableaux et quelques estampes ; mais que pensez-vous que ce soit ? Des Adonis, des Céphales, des Pâris, et des Apollons ? Non : de beaux portraits de Saturne, du roi Priam, du vieux Nestor, et du bon père Anchise, sur les épaules de son fils.

Harpagon
  Cela est admirable. Voilà ce que je n'aurais jamais pensé, et je suis bien aise d'apprendre qu'elle est de cette humeur. En effet, si j'avais été femme, je n'aurais point aimé les jeunes hommes.

Frosine
  Je le crois bien. Voilà de belles drogues que des jeunes gens, pour les aimer ! Ce sont de beaux morveux, de beaux godelureaux, pour donner envie de leur peau ! et je voudrais bien savoir quel ragoût il y a à eux !

Harpagon
  Pour moi, je n'y en comprends point, et je ne sais pas comment il y a des femmes qui les aiment tant.

Frosine
  Il faut être folle fieffée. Trouver la jeunesse aimable, est-ce avoir le sens commun ? Sont-ce des hommes que de jeunes blondins, et peut-on s'attacher à ces animaux-là ?

Harpagon

 C'est ce que je dis tous les jours : avec leur ton de poule laitée, et leurs trois petits brins de barbe relevés en barbe de chat, leurs perruques d'étoupes, leurs hauts-de-chausses tombants et leurs estomacs débraillés !

Frosine

 Eh ! cela est bien bâti, auprès d'une personne comme vous ! Voilà un homme, cela ; il y a là de quoi satisfaire à la vue, et c'est ainsi qu'il faut être fait et vêtu pour donner de l'amour.

Harpagon

 Tu me trouves bien ?

Frosine

 Comment ! vous êtes à ravir, et votre figure est à peindre. Tournez-vous un peu, s'il vous plaît. Il ne se peut pas mieux. Que je vous voie marcher. Voilà un corps taillé, libre, et dégagé comme il faut, et qui ne marque aucune incommodité.

Harpagon

 Je n'en ai pas de grandes, Dieu merci. Il n'y a que ma fluxion [1052] qui me prend de temps en temps.

Frosine

 Cela n'est rien. Votre fluxion ne vous sied point mal, et vous avez grâce à tousser.

Harpagon

 Dis-moi un peu : Mariane ne m'a-t-elle point encore vu ? N'a-t-elle point pris garde à moi en passant ?

Frosine

Non ; mais nous nous sommes fort entretenues de vous. Je lui ai fait un portrait de votre personne, et je n'ai pas manqué de lui vanter votre mérite et l'avantage que ce lui serait d'avoir un mari comme vous.

Harpagon

Tu as bien fait, et je t'en remercie.

Frosine

J'aurais, monsieur, une petite prière à vous faire. J'ai un procès que je suis sûr le point de perdre, faute d'un peu d'argent ; ...
Harpagon prend un air sérieux.
... et vous pourriez facilement me procurer le gain de ce procès si vous aviez quelque bonté pour moi. Vous ne sauriez croire le plaisir qu'elle aura de vous voir.
Harpagon reprend un air gai.
Ah ! que vous lui plairez, et que votre fraise à l'antique fera sur son esprit un effet admirable ! Mais surtout elle sera charmée de votre haut-de-chausses attaché au pourpoint avec des aiguillettes. C'est pour la rendre folle de vous ; et un amant aiguilleté [1053] sera pour elle un ragoût merveilleux.

Harpagon

Certes, tu me ravis de me dire cela.

Frosine

En vérité, Monsieur, ce procès m'est d'une conséquence tout a fait grande.
Harpagon reprend son air sérieux.
Je suis ruinée si je le perds, et quelque petite assistance me rétablirait mes affaires... Je voudrais que vous eussiez vu le ravissement où elle était à m'entendre parler de vous.
Harpagon reprend son air gai.
La joie éclatait dans ses yeux au récit de vos qualités, et je l'ai

74

mise enfin dans une impatience extrême de voir ce mariage entièrement conclu.

Harpagon

Tu m'as fait grand plaisir, Frosine ; et je t'en ai, je te l'avoue, toutes les obligations du monde.

Frosine

Je vous prie, Monsieur, de me donner le petit secours que je vous demande.
Harpagon reprend encore un air sérieux.
Cela me remettra sur pied, et je vous en serai éternellement obligée.

Harpagon

Adieu, je vais achever mes dépêches.

Frosine

Je vous assure, Monsieur, que vous ne sauriez jamais me soulager dans un plus grand besoin.

Harpagon

Je mettrai ordre que mon carrosse soit tout prêt pour vous mener à la foire.

Frosine

Je ne vous importunerais pas si je ne m'y voyais forcée par la nécessité.

Harpagon

Et j'aurai soin qu'on soupe de bonne heure, pour ne vous point faire malades.

Frosine

Ne me refusez pas la grâce dont je vous sollicite. Vous ne sauriez croire, Monsieur, le plaisir que…

Harpagon

Je m'en vais. Voilà qu'on m'appelle. Jusqu'à tantôt.

Frosine, *seule.*

Que la fièvre te serre, chien de vilain, à tous les diables ! Le ladre a été ferme à toutes mes attaques ; mais il ne me faut pas pourtant quitter la négociation ; et j'ai l'autre côté, en tout cas, d'où je suis assurée de tirer bonne récompense.

Acte III

Scène première

Harpagon, Cléante, Élise, Valère, Maître Jacques, La Merluche, Brindavoine.

Dame Claude tient un balai

Harpagon

Allons, venez çà tous, que je vous distribue mes ordres pour tantôt et règle à chacun son emploi. Approchez, dame Claude ; commençons par vous. Bon, vous voilà les armes à la main. Je vous commets au soin de nettoyer partout ; et surtout prenez garde de ne point frotter les meubles trop fort, de peur de les user. Outre cela, je vous constitue, pendant le souper, au gouvernement des bouteilles ; et, s'il s'en écarte quelqu'une, et qu'il se casse quelque chose, je m'en prendrai à vous et le rabattrai sur vos gages.

Maître Jacques , *à part.*
Châtiment politique.

Harpagon, *à Dame Claude* .

Allez.

Scène II

Harpagon, Cléante, Élise, Valère, Maître Jacques, Brindavoine, La Merluche.

Harpagon
  Vous, Brindavoine, et vous, la Merluche, je vous établis dans la charge de rincer les verres et de donner à boire, mais seulement lorsque l'on aura soif, et non pas selon la coutume de certains impertinents de laquais, qui viennent provoquer les gens, et les faire aviser de boire lorsqu'on n'y songe pas. Attendez qu'on vous en demande plus d'une fois, et vous ressouvenez de porter toujours beaucoup d'eau.

Maître Jacques, *à part.*
  Oui. Le vin pur monte à la tête.

La Merluche
  Quitterons-nous nos souquenilles [1054] , monsieur ?

Harpagon
  Oui, quand vous verrez venir les personnes ; et gardez bien de gâter vos habits.

Brindavoine
  Vous savez bien, Monsieur, qu'un des devants de mon pourpoint

est couvert d'une grande tache de l'huile de la lampe.

La Merluche
  Et, moi, Monsieur, que j'ai mon haut-de-chausses tout troué par-derrière, et qu'on me voit, révérence parler...

Harpagon, *à la Merluche* .

Paix ! Rangez cela adroitement du côté de la muraille, et présentez toujours le devant au monde.
À Brindavoine, en lui montrant comment il doit mettre son chapeau au-devant de son pourpoint, pour cacher la tache d'huile.
 Et vous, tenez toujours votre chapeau ainsi, lorsque vous servirez.

Scène III
Harpagon, Cléante, Élise, Valère, Maître Jacques.

Harpagon
  Pour vous, ma fille, vous aurez l'oeil sur ce que l'on desservira, et prendrez garde qu'il ne s'en fasse aucun dégât : cela sied bien aux filles. Mais cependant préparez-vous à bien recevoir ma maîtresse, qui vous doit venir visiter et vous mener avec elle à la foire. Entendez-vous ce que je vous dis ?

Élise
  Oui, mon père.

Harpagon
  Oui, nigaude. [1055]

Scène IV
Harpagon, Cléante, Valère, Maître Jacques.

Harpagon
   Et vous, mon fils le damoiseau, à qui j'ai la bonté de pardonner l'histoire de tantôt, ne vous allez pas aviser non plus de lui faire mauvais visage.

Cléante
   Moi, mon père ? mauvais visage ! Et par quelle raison ?

Harpagon
   Mon Dieu, nous savons le train des enfants dont les pères se remarient, et de quel oeil ils ont coutume de regarder ce qu'on appelle belle-mère ; mais si vous souhaitez que je perde le souvenir de votre dernière fredaine, je vous recommande surtout de régaler d'un bon visage cette personne-là, et de lui faire enfin tout le meilleur accueil qu'il vous sera possible.

Cléante
   À vous dire le vrai, mon père, je ne puis pas vous promettre d'être bien aise qu'elle devienne ma belle-mère : je mentirais si je vous le disais ; mais pour ce qui est de la bien recevoir et de lui faire bon visage, je vous promets de vous obéir ponctuellement sur ce chapitre.

Harpagon
   Prenez-y garde au moins.

Cléante
Vous verrez que vous n'aurez pas sujet de vous en plaindre.

Harpagon
Vous ferez sagement.

Scène V
Harpagon, Valère, Maître Jacques.

Harpagon
Valère, aide-moi à ceci. Oh çà, maître Jacques, approchez-vous ; je vous ai gardé pour le dernier.

Maître Jacques
Est-ce à votre cocher, Monsieur, ou bien à votre cuisinier, que vous voulez parler ? car je suis l'un et l'autre.

Harpagon
C'est à tous les deux.

Maître Jacques
Mais à qui des deux le premier ?

Harpagon
Au cuisinier.

Maître Jacques
Attendez donc, s'il vous plaît.
Maître Jacques ôte sa casaque de cocher, et paraît vêtu en cuisinier.

Harpagon
Quelle diantre de cérémonie est-ce là ?

Maître Jacques
Vous n'avez qu'à parler.

Harpagon
Je me suis engagé, maître Jacques, à donner ce soir à souper.

Maître Jacques, *à part.*
Grande merveille !

Harpagon
Dis-moi un peu : nous feras-tu bonne chère ?

Maître Jacques
Oui, Si vous me donnez bien de l'argent.

Harpagon
Que diable, toujours de l'argent ! Il semble qu'ils n'aient autre chose à dire : De l'argent, de l'argent, de l'argent ! Ah ! ils n'ont que ce mot à la bouche, de l'argent ! toujours parler d'argent ! Voilà leur épée de chevet [1056] , de l'argent !

Valère
Je n'ai jamais vu de réponse plus impertinente que celle-là. Voilà une belle merveille que de faire bonne chère avec bien de l'argent ! C'est une chose la plus aisée du monde, et il n'y a si pauvre esprit qui n'en fît bien autant ; mais, pour agir en habile homme, il faut parler de faire bonne chère avec peu d'argent.

Maître Jacques
  Bonne chère avec peu d'argent !

Valère
  Oui.

Maître Jacques, *à Valère.*
  Par ma foi, Monsieur l'intendant, vous nous obligerez de nous faire voir ce secret, et de prendre mon office de cuisinier ; aussi bien vous mêlez-vous céans [1057] d'être le factotum.

Harpagon
  Taisez-vous. Qu'est-ce qu'il nous faudra ?

Maître Jacques
  Voilà monsieur votre intendant qui vous fera bonne chère pour peu d'argent.

Harpagon
  Haye ! Je veux que tu me répondes.

Maître Jacques
  Combien serez-vous de gens à table ?

Harpagon
  Nous serons huit ou dix ; mais il ne faut prendre que huit : quand il y a à manger pour huit, il y en a bien pour dix.

Valère
  Cela s'entend.

Maître Jacques
Eh bien ! il faudra quatre grands potages et cinq assiettes...
Potages... Entrées.

Harpagon
Que diable ! voilà pour traiter toute une ville entière.

Maître Jacques
Rôt...

Harpagon, *mettant la main sur la bouche de maître Jacques*.
Ah ! traître, tu manges tout mon bien.

Maître Jacques
Entremets...

Harpagon, *mettant encore la main sur la bouche de maître Jacques*
.
Encore ?

Valère, *à maître Jacques*.
Est-ce que vous avez envie de faire crever tout le monde ? et
Monsieur a-t-il invité des gens pour les assassiner à force de
mangeaille ? Allez-vous-en lire un peu les préceptes de la santé,
et demander aux médecins s'il y a rien de plus préjudiciable à
l'homme que de manger avec excès.

Harpagon
Il a raison.

Valère
Apprenez, maître Jacques, vous et vos pareils, que c'est un
coupe-gorge qu'une table remplie de trop de viandes ; que pour

se bien montrer ami de ceux que l'on invite, il faut que la frugalité règne dans les repas qu'on donne ; et que, suivant le dire d'un ancien, « *il faut manger pour vivre, et non pas vivre pour manger* ».

Harpagon
   Ah ! que cela est bien dit ! Approche, que je t'embrasse pour ce mot. Voilà la plus belle sentence que j'aie entendue de ma vie : *Il faut vivre pour manger, et non pas manger pour vi* ... Non, ce n'est pas cela. Comment est-ce que tu dis ?

Valère
   Qu'*il faut manger pour vivre, et non pas vivre pour manger.*

Harpagon, *à maître Jacques.*
   Oui. Entends-tu ?
   À Valère.
   Qui est le grand homme qui a dit cela ?

Valère
   Je ne me souviens pas maintenant de son nom.

Harpagon
   Souviens-toi de m'écrire ces mots : je les veux faire graver en lettres d'or sur la cheminée de ma salle.

Valère
   Je n'y manquerai pas. Et, pour votre souper, vous n'avez qu'à me laisser faire : je réglerai tout cela comme il faut.

Harpagon
   Fais donc.

Maître Jacques
Tant mieux ! j'en aurai moins de peine.

Harpagon, *à Valère* .
Il faudra de ces choses dont on ne mange guère, et qui rassasient d'abord : quelque bon haricot bien gras, avec quelque pâté en pot bien garni de marrons.

Valère
Reposez-vous sur moi.

Harpagon
Maintenant, maître Jacques, il faut nettoyer mon carrosse.

Maître Jacques
Attendez. Ceci s'adresse au cocher.
Il remet sa casaque.
Vous dites…

Harpagon
Qu'il faut nettoyer mon carrosse, et tenir mes chevaux tout prêts pour conduire à la foire…

Maître Jacques
Vos chevaux, Monsieur ? Ma foi ! ils ne sont point du tout en état de marcher. Je ne vous dirai point qu'ils sont sur la litière : les pauvres bêtes n'en ont point, et ce serait fort mal parler ; mais vous leur faites observer des jeûnes si austères, que ce ne sont plus rien que des idées ou des fantômes, des façons de chevaux.

Harpagon
Les voilà bien malades ! ils ne font rien.

Maître Jacques

Et, pour ne faire rien, Monsieur, est-ce qu'il ne faut rien manger ? Il leur vaudrait bien mieux, les pauvres animaux, de travailler beaucoup, de manger de même. Cela me fend le coeur de les voir ainsi exténués ; car, enfin, j'ai une tendresse pour mes chevaux, qu'il me semble que c'est moi-même, quand je les vois pâtir. Je m'ôte tous les jours pour eux les choses de la bouche, et c'est être, Monsieur, d'un naturel trop dur, que de n'avoir nulle pitié de son prochain.

Harpagon

Le travail ne sera pas grand d'aller jusqu'à la foire.

Maître Jacques

Non, je n'ai pas le courage de les mener ; et je ferais conscience de leur donner des coups de fouet, en l'état où ils sont. Comment voudriez-vous qu'ils traînassent un carrosse, qu'ils ne peuvent pas se traîner eux-mêmes.

Valère

Monsieur, j'obligerai le voisin le Picard à se charger de les conduire : aussi bien nous fera-t-il ici besoin pour apprêter le souper.

Maître Jacques

Soit. J'aime mieux encore qu'ils meurent sous la main d'un autre que sous la mienne.

Valère

Maître Jacques fait bien le raisonnable !

Maître Jacques

Monsieur l'intendant fait bien le nécessaire !

Harpagon
  Paix !

Maître Jacques
  Monsieur, je ne saurais souffrir les flatteurs ; et je vois que ce qu'il en fait, que ses contrôles perpétuels sur le pain et le vin, le bois, le sel et la chandelle, ne sont rien que pour vous gratter et vous faire sa cour. J'enrage de cela, et je suis fâché tous les jours d'entendre ce qu'on dit de vous : car, enfin, je me sens pour vous de la tendresse, en dépit que j'en aie ; et, après mes chevaux, vous êtes la personne que j'aime le plus.

Harpagon
  Pourrais-je savoir de vous, maître Jacques, ce que l'on dit de moi ?

Maître Jacques
  Oui, monsieur, si j'étais assuré que cela ne vous fâchât point.

Harpagon
  Non, en aucune façon.

Maître Jacques
  Pardonnez-moi ; je sais fort bien que je vous mettrais en colère.

Harpagon
  Point du tout ; au contraire, c'est me faire plaisir, et je suis bien aise d'apprendre comme on parle de moi.

Maître Jacques
  Monsieur, puisque vous le voulez, je vous dirai franchement qu'on se moque partout de vous, qu'on nous jette de tous côtés cent brocards à votre sujet, et que l'on n'est point plus ravi que

de vous tenir au cul et aux chausses, et de faire sans cesse des contes de votre lésine. L'un dit que vous faites imprimer des almanachs particuliers, où vous faites doubler les quatre-temps et les vigiles, afin de profiter des jeûnes où vous obligez votre monde ; l'autre, que vous avez toujours une querelle toute prête à faire à vos valets dans le temps des étrennes ou de leur sortie d'avec vous, pour vous trouver une raison de ne leur donner rien. Celui-là conte qu'une fois vous fîtes assigner le chat d'un de vos voisins, pour vous avoir mangé un reste d'un gigot de mouton ; celui-ci, que l'on vous surprit, une nuit, en venant dérober vous-même l'avoine de vos chevaux ; et que votre cocher, qui était celui d'avant moi, vous donna, dans l'obscurité, je ne sais combien de coups de bâton, dont vous ne voulûtes rien dire. Enfin, voulez-vous que je vous dise ? On ne saurait aller nulle part où l'on ne vous entende accommoder de toutes pièces. Vous êtes la fable et la risée de tout le monde ; et jamais on ne parle de vous que sous les noms d'avare, de ladre, de vilain et de fesse-mathieu.

Harpagon, *en battant maître Jacques*.

Vous êtes un sot, un maraud, un coquin, et un impudent.

Maître Jacques
 Eh bien, ne l'avais-je pas deviné ? Vous ne m'avez pas voulu croire. Je vous l'avais bien dit que je vous fâcherais de vous dire la vérité.

Harpagon
 Apprenez à parler.

Scène VI
Valère, Maître Jacques.

Valère, *riant*.

À ce que je puis voir, maître Jacques, on paie mal votre franchise.

Maître Jacques

Morbleu ! Monsieur le nouveau venu, qui faites l'homme d'importance, ce n'est pas votre affaire. Riez de vos coups de bâton quand on vous on donnera, et ne venez point rire des miens.

Valère

Ah ! Monsieur maître Jacques, ne vous fâchez pas, je vous prie.

Maître Jacques, *à part*.

Il file doux. Je veux faire le brave, et, s'il est assez sot pour me craindre, le frotter quelque peu. *Haut.*
Savez-vous bien, Monsieur le rieur, que je ne ris pas, moi, et que si vous m'échauffez la tête, je vous ferai rire d'une autre sorte ?
Maître Jacques pousse Valère jusqu'au bout du théâtre en le menaçant.

Valère

Eh ! doucement.

Maître Jacques

Comment, doucement ? Il ne me plaît pas, moi.

Valère

De grâce !

Maître Jacques

Vous êtes un impertinent.

Valère
Monsieur maître Jacques !

Maître Jacques
 Il n'y a point de monsieur maître Jacques pour un double [1058] . Si je prends un bâton, je vous rosserai d'importance.

Valère
 Comment ! un bâton ?
 Valère fait reculer maître Jacques à son tour.

Maître Jacques
 Eh ! je ne parle pas de cela.

Valère
 Savez-vous bien, Monsieur le fat, que je suis homme à vous rosser vous-même ?

Maître Jacques
 Je n'en doute pas.

Valère
 Que vous n'êtes, pour tout potage, qu'un faquin de cuisinier ?

Maître Jacques
 Je le sais bien.

Valère
 Et que vous ne me connaissez pas encore ?

Maître Jacques
Pardonnez-moi.

Valère
Vous me rosserez, dites-vous ?

Maître Jacques
Je le disais en raillant.

Valère
Et moi, je ne prends point de goût à votre raillerie.
Donnant des coups de bâton à maître Jacques.
Apprenez que vous êtes un mauvais railleur.

Maître Jacques, *seul* .
Peste soit la sincérité ! c'est un mauvais métier : désormais j'y renonce, et je ne veux plus dire vrai. Passe encore pour mon maître, il a quelque droit de me battre ; mais, pour ce monsieur l'intendant, je m'en vengerai si je le puis.

Scène VII

Mariane, Frosine, Maître Jacques.

Frosine
Savez-vous, maître Jacques, si votre maître est au logis ?

Maître Jacques
Oui, vraiment il y est ; je ne le sais que trop.

Frosine
Dites-lui, je vous prie, que nous sommes ici.

Maître Jacques
Ah ! nous voilà pas mal ! [1059]

Scène VIII
Mariane, Frosine.

Mariane
Ah ! que je suis, Frosine, dans un étrange état ! et, s'il faut dire ce que je sens, que j'appréhende cette vue !

Frosine
Mais pourquoi, et quelle est votre inquiétude ?

Mariane
Hélas ! me le demandez-vous ? et ne vous figurez-vous point les alarmes d'une personne toute prête à voir le supplice où l'on veut l'attacher ?

Frosine
Je vois bien que, pour mourir agréablement, Harpagon n'est pas le supplice que vous voudriez embrasser ; et je connais, à votre mine, que le jeune blondin dont vous m'avez parlé vous revient un peu dans l'esprit.

Mariane
Oui. C'est une chose, Frosine, dont je ne veux pas me défendre ; et les visites respectueuses qu'il a rendues chez nous ont fait, je

vous l'avoue, quelque effet dans mon âme.

Frosine
 Mais avez-vous su quel il est ?

Mariane
  Non, je ne sais point quel il est. Mais je sais qu'il est fait d'un air
à se faire aimer ; que, si l'on pouvait mettre les choses à mon
choix, je le prendrais plutôt qu'un autre, et qu'il ne contribue pas
peu à me faire trouver un tourment effroyable dans l'époux
qu'on veut me donner.

Frosine
 Mon Dieu, tous ces blondins sont agréables, et débitent fort bien
leur fait ; mais la plupart sont gueux comme des rats : il vaut
mieux, pour vous, de prendre un vieux mari qui vous donne
beaucoup de bien. Je vous avoue que les sens ne trouvent pas si
bien leur compte du côté que je dis, et qu'il y a quelques petits
dégoûts à essuyer avec un tel époux ; mais cela n'est pas pour
durer ; et sa mort, croyez-moi, vous mettra bientôt en état d'en
prendre un plus aimable, qui réparera toutes choses.

Mariane
  Mon Dieu ! Frosine, c'est une étrange affaire, lorsque pour être
heureuse, il faut souhaiter ou attendre le trépas de quelqu'un ; et
la mort ne suit pas tous les projets que nous faisons.

Frosine
 Vous moquez-vous ? Vous ne l'épousez qu'aux conditions de
vous laisser veuve bientôt ; et ce doit être là un des articles du
contrat. Il serait bien impertinent de ne pas mourir dans trois
mois ! Le voici en propre personne.

Mariane
Ah ! Frosine, quelle figure !

Scène IX
Harpagon, Mariane, Frosine.

Harpagon, *à Mariane* .

Ne vous offensez pas, ma belle, si je viens à vous avec des lunettes. Je sais que vos appas frappent assez les yeux, sont assez visibles d'eux-mêmes, et qu'il n'est pas besoin de lunettes pour les apercevoir ; mais enfin, c'est avec des lunettes qu'on observe les astres, et je maintiens et garantis que vous êtes un astre, mais un astre, le plus bel astre qui soit dans le pays des astres. Frosine, elle ne répond mot et ne témoigne, ce me semble, aucune joie de me voir.

Frosine
C'est qu'elle est encore toute surprise ; et, puis les filles ont toujours honte à témoigner d'abord ce qu'elles ont dans l'âme.

Harpagon, *à Frosine* .

Tu as raison.
À Mariane.
Voilà, belle mignonne, ma fille qui vient vous saluer.

Scène X
Harpagon, Élise, Mariane, Frosine.

Mariane
  Je m'acquitte bien tard, Madame, d'une telle visite.

Élise
  Vous avez fait, Madame, ce que je devais faire, et c'était à moi de vous prévenir.

Harpagon
  Vous voyez qu'elle est grande ; mais mauvaise herbe croît toujours.

Mariane, *bas, à Frosine* .

Oh ! l'homme déplaisant !

Harpagon, *bas, à Frosine* .

Que dit la belle ?

Frosine
  Qu'elle vous trouve admirable.

Harpagon
  C'est trop d'honneur que vous me faites, adorable mignonne.

Mariane, *à part* .

Quel animal !

Harpagon
  Je vous suis trop obligé de ces sentiments.

Mariane, *à part* .

Je n'y puis plus tenir.

Scène XI

Harpagon, Mariane, Élise, Cléante, Valère, Frosine, Brindavoine.

Harpagon
Voici mon fils aussi qui vous vient faire la révérence.

Mariane, *bas, à Frosine.*

Ah ! Frosine, quelle rencontre ! C'est justement celui dont je t'ai parlé.

Frosine, *à Mariane .*

L'aventure est merveilleuse.

Harpagon
Je vois que vous vous étonnez de me voir de si grands enfants ; mais je serai bientôt défait et de l'un et de l'autre.

Cléante, *à Mariane .*

Madame, à vous dire le vrai, c'est ici une aventure où, sans doute, je ne m'attendais pas ; et mon père ne m'a pas
peu surpris lorsqu'il m'a dit tantôt le dessein qu'il avait formé.

Mariane
Je puis dire la même chose. C'est une rencontre imprévue, qui m'a surprise autant que vous ; et je n'étais point préparée à une pareille aventure.

Cléante

Il est vrai que mon père, Madame, ne peut pas faire un plus beau choix, et que ce m'est une sensible joie que l'honneur de vous voir ; mais, avec tout cela, je ne vous assurerai point que je me réjouis du dessein où vous pourriez être de devenir ma belle-mère. Le compliment, je vous l'avoue, est trop difficile pour moi, et c'est un titre, s'il vous plaît, que je ne vous souhaite point. Ce discours paraîtra brutal aux yeux de quelques-uns ; mais je suis assuré que vous serez personne à le prendre comme il faudra ; que c'est un mariage, Madame, où vous vous imaginez bien que je dois avoir de la répugnance ; que vous n'ignorez pas, sachant ce que je suis, comme il choque mes intérêts, et que vous voulez bien enfin que je vous dise, avec la permission de mon père, que, si les choses dépendaient de moi, cet hymen ne se ferait point.

Harpagon

Voilà un compliment bien impertinent ! Quelle belle confession à lui faire !

Mariane

Et moi, pour vous répondre, j'ai à vous dire que les choses sont fort égales ; et que si vous auriez [1060] de la répugnance à me voir votre belle-mère, je n'en aurais pas moins, sans doute, à vous voir mon beau-fils. Ne croyez pas, je vous prie, que ce soit moi qui cherche à vous donner cette inquiétude. Je serais fort fâchée de vous causer du déplaisir ; et si je ne m'y vois forcée par une puissance absolue, je vous donne ma parole que je ne consentirai point au mariage qui vous chagrine.

Harpagon

Elle a raison. À sot compliment, il faut une réponse de même. Je vous demande pardon, ma belle, de l'impertinence de mon fils : c'est un jeune sot qui ne sait pas encore la conséquence des paroles qu'il dit.

Mariane

Je vous promets que ce qu'il m'a dit ne m'a point du tout offensée ; au contraire, il m'a fait plaisir de m'expliquer ainsi ses véritables sentiments. J'aime de lui un aveu de la sorte ; et s'il avait parlé d'autre façon, je l'en estimerais bien moins.

Harpagon

C'est beaucoup de bonté à vous de vouloir ainsi excuser ses fautes. Le temps le rendra plus sage, et vous verrez qu'il changera de sentiments.

Cléante

Non, mon père, je ne suis pas capable d'en changer, et je prie instamment Madame de le croire.

Harpagon

Mais voyez quelle extravagance ! il continue encore plus fort.

Cléante

Voulez-vous que je trahisse mon coeur ?

Harpagon

encore ! Avez-vous envie de changer de discours ?

Cléante

Eh bien, puisque vous voulez que je parle d'autre façon, souffrez, Madame, que je me mette ici à la place de mon père, et que je vous avoue que je n'ai rien vu dans le monde de si charmant que vous ; que je ne conçois rien d'égal au bonheur de vous plaire, et que le titre de votre époux est une gloire, une félicité que je préférerais aux destinées des plus grands princes de la terre. Oui, Madame, le bonheur de vous posséder est, à mes regards, la plus belle de toutes les fortunes ; c'est où j'attache toute mon ambition. Il n'y a rien que je ne sois capable de faire pour une conquête si précieuse ; et les obstacles les plus puissants...

Harpagon

Doucement, mon fils, s'il vous plaît.

Cléante

C'est un compliment que je fais pour vous à Madame.

Harpagon

Mon Dieu, j'ai une langue pour m'expliquer moi-même, et je n'ai pas besoin d'un procureur [1061] comme vous. Allons, donnez des sièges.

Frosine

Non ; il vaut mieux que de ce pas nous allions à la foire, afin d'en revenir plus tôt et d'avoir tout le temps ensuite de nous entretenir.

Harpagon, *à Brindavoine.*

Qu'on mette donc les chevaux au carrosse.

Scène XII

Harpagon, Mariane, Élise, Cléante, Valère, Frosine.

Harpagon, *à Mariane.*

Je vous prie de m'excuser, ma belle, si je n'ai pas songé a vous donner un peu de collation avant que de partir.

Cléante
  J'y ai pourvu, mon père, et j'ai fait apporter ici quelques bassins d'oranges de la Chine, de citrons doux, et de confitures, que j'ai envoyé quérir de votre part.

Harpagon, *bas, à Valère* .

Valère !

Valère, *à Harpagon.*

Il a perdu le sens.

Cléante
  Est-ce que vous trouvez, mon père, que ce ne soit pas assez ? Madame aura la bonté d'excuser cela, s'il vous plaît.

Mariane
  C'est une chose qui n'était pas nécessaire.

Cléante
  Avez-vous jamais vu, madame, un diamant plus vif que celui que vous voyez que mon père a au doigt ?

Mariane
  Il est vrai qu'il brille beaucoup.

Cléante, *ôtant du doigt de son père le diamant, et le donnant à Mariane* .

Il faut que vous le voyiez de près.

Mariane
 Il est fort beau, sans doute, et jette quantité de feux.

Cléante, *se mettant au-devant de Mariane, qui veut rendre le diamant* .
 Nenni. Madame, il est en de trop belles mains. C'est un présent que mon père vous fait.

Harpagon
 Moi !

Cléante
 N'est-il pas vrai, mon père, que vous voulez que Madame le garde pour l'amour de vous ?

Harpagon, *bas, à son fils.*

Comment ?

Cléante, *à Mariane.*

Belle demande ! Il me fait signe de vous le faire accepter.

Mariane
 Je ne veux point...

Cléante, *à Mariane.*

Vous moquez-vous ? Il n'a garde de le reprendre.

Harpagon, *à part.*

J'enrage !

Mariane
  Ce serait...

Cléante, *empêchant toujours Mariane de rendre la bague.*

Non, vous dis-je, c'est l'offenser.

Mariane
  De grâce...

Cléante
  Point du tout.

Harpagon, *à part.*

Peste soit...

Cléante
  Le voilà qui se scandalise de votre refus.

Harpagon, *bas, à son fils.*

Ah ! traître !

Cléante, *à Mariane.*

Vous voyez qu'il se désespère.

Harpagon, *bas, à son fils, en le menaçant.*

Bourreau que tu es !

Cléante

  Mon père, ce n'est pas ma faute. Je fais ce que je puis pour l'obliger à la garder ; mais elle est obstinée.

Harpagon, *bas, à son fils en le menaçant.*

Pendard !

Cléante

  Vous êtes cause, Madame, que mon père me querelle.

Harpagon, *bas, à son fils, avec les mêmes gestes.*

Le coquin !

Cléante

  Vous le ferez tomber malade. De grâce, Madame, ne résistez point davantage.

Frosine, *à Mariane.*

Mon Dieu ! que de façons ! Gardez la bague, puisque monsieur le veut.

Mariane, *à Harpagon.*

Pour ne vous point mettre en colère, je la garde maintenant, et je prendrai un autre temps pour vous la rendre.

Scène XIII

Harpagon, Mariane, Élise, Cléante, Valère, Frosine, Brindavoine.

Brindavoine

Monsieur, il y a là un homme qui veut vous parler.

Harpagon

Dis-lui que je suis empêché, et qu'il revienne une autre fois.

Brindavoine

Il dit qu'il vous apporte de l'argent.

Harpagon

Je vous demande pardon. Je reviens tout à l'heure.

Scène XIV

Harpagon, Mariane, Élise, Cléante, Valère, Frosine, La Merluche.

La Merluche, *courant et faisant tomber Harpagon.*

Monsieur...

Harpagon

Ah ! je suis mort.

Cléante

Qu'est-ce, mon père ? Vous êtes-vous fait mal ?

Harpagon

Le traître assurément a reçu de l'argent de mes débiteurs pour me faire rompre le cou.

Valère, *à Harpagon* .

Cela ne sera rien.

La Merluche, *à Harpagon* .

Monsieur, je vous demande pardon ; je croyais bien faire d'accourir vite.

Harpagon
 Que viens-tu faire ici, bourreau ?

La Merluche
 Vous dire que vos deux chevaux sont déferrés.

Harpagon
 Qu'on les mène promptement chez le maréchal.

Cléante
 En attendant qu'ils soient ferrés, je vais faire pour vous, mon père, les honneurs de votre logis, et conduire madame dans le jardin où je ferai porter la collation.

Scène XV
Harpagon, Valère.

Harpagon
 Valère, aie un peu l'oeil à tout cela, et prends soin, je te prie, de m'en sauver le plus que tu pourras, pour le renvoyer au marchand.

Valère

C'est assez.

Harpagon *seul*.

Ô fils impertinent ! as-tu envie de me ruiner ?

Acte IV

Scène première

Cléante, Mariane, Élise, Frosine.

Cléante

Rentrons ici ; nous serons beaucoup mieux. Il n'y a plus autour de nous personne de suspect, et nous pouvons parler librement.

Élise

Oui, Madame, mon frère m'a fait confidence de la passion qu'il a pour vous. Je sais les chagrins et les déplaisirs que sont capables de causer de pareilles traverses ; et c'est, je vous assure, avec une tendresse extrême, que je m'intéresse à votre aventure.

Mariane

C'est une douce consolation que de voir dans ses intérêts une personne comme vous ; et je vous conjure, Madame, de me garder toujours cette généreuse amitié, si capable de m'adoucir les cruautés de la fortune.

Frosine

Vous êtes, par ma foi, de malheureuses gens l'un et l'autre, de ne m'avoir point, avant tout ceci, avertie de votre affaire. Je vous aurais, sans doute, détourné cette inquiétude, et n'aurais point amené les choses où l'on voit qu'elles sont.

Cléante

Que veux-tu ? c'est ma mauvaise destinée qui l'a voulu ainsi. Mais, belle Mariane, quelles résolutions sont les vôtres ?

Mariane

Hélas ! suis-je en pouvoir de faire des résolutions ? et, dans la dépendance où je me vois, puis-je former que des souhaits ?

Cléante

Point d'autre appui pour moi dans votre coeur que de simples souhaits ? Point de pitié officieuse ? Point de secourable bonté ? Point d'affection agissante ?

Mariane

Que saurais-je vous dire ? Mettez-vous en ma place, et voyez ce que je puis faire. Avisez, ordonnez vous-même : je m'en remets à vous, et je vous crois trop raisonnable pour vouloir exiger de moi que ce qui peut m'être permis par l'honneur et la bienséance.

Cléante

Hélas ! où me réduisez-vous que de me renvoyer à ce que voudront me permettre les fâcheux sentiments d'un rigoureux honneur et d'une scrupuleuse bienséance ?

Mariane

Mais que voulez-vous que je fasse ? Quand je pourrais passer sur quantité d'égards où notre sexe est obligé, j'ai de la considération pour ma mère. Elle m'a toujours élevée avec une tendresse extrême, et je ne saurais me résoudre à lui donner du déplaisir. Faites, agissez auprès d'elle ; employez tous vos soins à gagner son esprit. Vous pouvez faire et dire tout ce que vous voudrez ; je vous en donne la licence ; et, s'il ne tient qu'à me déclarer en votre faveur, je veux bien consentir à lui faire un aveu, moi-même, de tout ce que je sens pour vous.

Cléante
 Frosine, ma pauvre Frosine, voudrais-tu nous servir ?

Frosine
 Par ma foi, faut-il le demander ? Je le voudrais de tout mon coeur. Vous savez que, de mon naturel, je suis assez humaine. Le ciel ne m'a point fait l'âme de bronze, et je n'ai que trop de tendresse à rendre de petits services, quand je vois des gens qui s'entr'aiment en tout bien et en tout honneur. Que pourrions-nous faire à ceci ?

Cléante
 Songe un peu, je te prie.

Mariane
 Ouvre-nous des lumières.

Élise
 Trouve quelque invention pour rompre ce que tu as fait.

Frosine
Ceci est assez difficile.
À Mariane.
Pour votre mère, elle n'est pas tout à fait déraisonnable, et peut-être pourrait-on la gagner et la résoudre à transporter au fils le don qu'elle veut faire au père.
À Cléante.
Mais le mal que j'y trouve, c'est que votre père est votre père.

Cléante
Cela s'entend.

Frosine
Je veux dire qu'il conservera du dépit si l'on montre qu'on le refuse, et qu'il ne sera point d'humeur ensuite à donner son consentement à votre mariage. Il faudrait, pour bien faire, que le refus vînt de lui-même, et tâcher, par quelque moyen, de le dégoûter de votre personne.

Cléante
Tu as raison.

Frosine
Oui, j'ai raison, je le sais bien. C'est là ce qu'il faudrait ; mais le diantre [1062] est d'en pouvoir trouver les moyens. Attendez : si nous avions quelque femme un peu sur l'âge qui fût de mon talent, et jouât assez bien pour contrefaire une dame de qualité, par le moyen d'un train fait à la hâte, et d'un bizarre nom de marquise ou de vicomtesse que nous supposerions de la Basse-Bretagne, j'aurais assez d'adresse pour faire accroire à votre père que ce serait une personne riche, outre ses maisons, de cent mille écus en argent comptant ; qu'elle serait éperdument amoureuse de lui et souhaiterait de se voir sa femme, jusqu'à lui donner tout son bien par contrat de mariage ; et je ne doute point qu'il ne prêtât l'oreille à la proposition. Car enfin il vous aime fort, je le sais, mais il aime un peu plus l'argent ; et quand, ébloui de ce leurre, il aurait une fois consenti à ce qui vous touche, il importerait peu ensuite qu'il se désabusât, en venant à vouloir voir clair aux effets de notre marquise.

Cléante
Tout cela est fort bien pensé.

Frosine

Laissez-moi faire. Je viens de me ressouvenir d'une de mes amies qui sera notre fait.

Cléante

Sois assurée, Frosine, de ma reconnaissance, si tu viens à bout de la chose. Mais, charmante Mariane, commençons, je vous prie, par gagner votre mère ; c'est toujours beaucoup faire que de rompre ce mariage. Faites-y de votre part, je vous en conjure, tous les efforts qu'il vous sera possible. Servez-vous de tout le pouvoir que vous donne sur elle cette amitié qu'elle a pour vous. Déployez sans réserve les grâces éloquentes, les charmes tout-puissants que le ciel a placés dans vos yeux et dans votre bouche ; et n'oubliez rien, s'il vous plaît, de ces tendres paroles, de ces douces prières et de ces caresses touchantes à qui je suis persuadé qu'on ne saurait rien refuser.

Mariane

J'y ferai tout ce que je puis, et n'oublierai aucune chose.

Scène II

Harpagon, Cléante, Mariane, Élise, Frosine.

Harpagon, *à part, sans être aperçu* .

Ouais ! mon fils baise la main de sa prétendue belle-mère ; et sa prétendue belle-mère ne s'en défend pas fort ! Y aurait-il quelque mystère là-dessous ?

Élise

Voilà mon père.

Harpagon

Le carrosse est tout prêt ; vous pouvez partir quand il vous plaira.

Cléante

Puisque vous n'y allez pas, mon père, je m'en vais les conduire.

Harpagon

Non : demeurez. Elles iront bien toutes seules, et j'ai besoin de vous.

Scène III
Harpagon, Cléante.

Harpagon

Oh çà, intérêt de belle-mère à part, que te semble, à toi, de cette personne ?

Cléante

Ce qui m'en semble ?

Harpagon

Oui de son air, de sa taille, de sa beauté, de son esprit.

Cléante

Là, là !

Harpagon

Mais encore ?

Cléante

À vous en parler franchement, je ne l'ai pas trouvée ici ce que je l'avais crue. Son air est de franche coquette, sa taille est assez gauche, sa beauté très médiocre, et son esprit des plus communs. Ne croyez pas que ce soit, mon père, pour vous en dégoûter ; car, belle-mère pour belle-mère, j'aime autant celle-là qu'une autre.

Harpagon

Tu lui disais tantôt pourtant...

Cléante

Je lui ai dit quelques douceurs en votre nom, mais c'était pour vous plaire.

Harpagon

Si bien donc que tu n'aurais pas d'inclination pour elle ?

Cléante

Moi ? point du tout.

Harpagon

J'en suis fâché, car cela rompt une pensée qui m'était venue dans l'esprit. J'ai fait, en la voyant ici, réflexion sur mon âge ; et j'ai songé qu'on pourra trouver à redire de me voir marier à une si jeune personne. Cette considération m'en faisait quitter le dessein ; et comme je l'ai fait demander, et que je suis pour elle engagé de parole, je te l'aurais donnée, sans l'aversion que tu témoignes.

Cléante

À moi ?

Harpagon
À toi.

Cléante
En mariage ?

Harpagon
En mariage.

Cléante
Écoutez. Il est vrai qu'elle n'est pas fort à mon goût ; mais, pour vous faire plaisir, mon père, je me résoudrai à l'épouser, si vous voulez.

Harpagon
Moi, je suis plus raisonnable que tu ne penses. Je ne veux point forcer ton inclination.

Cléante
Pardonnez-moi ; je me ferai cet effort pour l'amour de vous.

Harpagon
Non, non. Un mariage ne saurait être heureux où l'inclination n'est pas.

Cléante
C'est une chose, mon père, qui peut-être viendra ensuite ; et l'on dit que l'amour est souvent un fruit du mariage.

Harpagon
Non. Du côté de l'homme, on ne doit point risquer l'affaire ; et ce sont des suites fâcheuses, où je n'ai garde de me commettre. Si tu avais senti quelque inclination pour elle, à la bonne heure ; je te

l'aurais fait épouser au lieu de moi ; mais, cela n'étant pas, je suivrai mon premier dessein, et je l'épouserai moi-même.

Cléante
   Eh bien ! mon père, puisque les choses sont ainsi, il faut vous découvrir mon coeur ; il faut vous révéler notre secret. La vérité est que je l'aime depuis un jour que je la vis dans une promenade ; que mon dessein était tantôt de vous la demander pour femme ; et que rien ne m'a retenu que la déclaration de vos sentiments, et la crainte de vous déplaire.

Harpagon
   Lui avez-vous rendu visite ?

Cléante
   Oui, mon père.

Harpagon
   Beaucoup de fois ?

Cléante
   Assez pour le temps qu'il y a.

Harpagon
   Vous a-t-on bien reçu ?

Cléante
   Fort bien, mais sans savoir qui j'étais ; et c'est ce qui a fait tantôt la surprise de Mariane.

Harpagon
   Lui avez-vous déclaré votre passion et le dessein où vous étiez

de l'épouser ?

Cléante
  Sans doute, et même j'en avais fait à sa mère quelque peu
d'ouverture.

Harpagon
  A-t-elle écouté, pour sa fille, votre proposition ?

Cléante
  Oui, fort civilement.

Harpagon
  Et la fille correspond-elle fort à votre amour ?

Cléante
  Si j'en dois croire les apparences, je me persuade, mon père,
qu'elle a quelque bonté pour moi.

Harpagon, *bas, à part*.

Je suis bien aise d'avoir appris un tel secret ; et voilà justement ce
que je demandais. (*Haut.*) Or sus, mon fils, savez-vous ce qu'il y a
? C'est qu'il faut songer, s'il vous plaît, à vous défaire de votre
amour, à cesser toutes vos poursuites auprès d'une personne que
je prétends pour moi, et à vous marier dans peu avec celle qu'on
vous destine.

Cléante
  Oui, mon père ; c'est ainsi que vous me jouez ! Eh bien ! puisque
les choses en sont venues là, je vous déclare, moi, que je ne
quitterai point la passion que j'ai pour Mariane ; qu'il n'y a point
d'extrémité où je ne m'abandonne pour vous disputer sa
conquête, et que si vous avez pour vous le consentement d'une

mère, j'aurai d'autres secours, peut-être, qui combattront pour moi.

Harpagon
  Comment, pendard ! tu as l'audace d'aller sur mes brisées !

Cléante
  C'est vous qui allez sur les miennes, et je suis le premier en date.

Harpagon
  Ne suis-je pas ton père ? et ne me dois-tu pas respect ?

Cléante
  Ce ne sont point ici des choses où les enfants soient obligés de déférer aux pères, et l'amour ne connaît personne.

Harpagon
  Je te ferai bien me connaître avec de bons coups de bâton.

Cléante
  Toutes vos menaces ne feront rien.

Harpagon
  Tu renonceras à Mariane.

Cléante
  Point du tout.

Harpagon
  Donnez-moi un bâton tout à l'heure.

Scène IV

(Harpagon et Cléante entrent)

Harpagon, Cléante, Maître Jacques.

Maître Jacques
Eh ! hé ! hé ! Messieurs, qu'est-ce ci ? à quoi songez-vous ? *(en se levant)*

Cléante *(Cléante est enragé)*
Je me moque de cela.

Maître Jacques, *à Cléante.*
Ah ! Monsieur, doucement.

Harpagon *(enragé)*
Me parler avec cette impudence !

Maître Jacques, *à Harpagon.*
Ah ! monsieur, de grâce !

Cléante
Je n'en démordrai point.

Maître Jacques, *à Cléante.*
Eh quoi ! à votre père ?

Harpagon
Laisse-moi faire.

Maître Jacques , *à Harpagon.*
Eh quoi ! à votre fils ? encore passe pour moi.

Harpagon
Je te veux faire toi-même, maître Jacques, juge de cette affaire,
pour montrer comme j'ai raison.

Maître Jacques
J'y consens.
À Cléante.
Éloignez-vous un peu.

Harpagon
J'aime une fille que je veux épouser ; et le pendard a l'insolence
de l'aimer avec moi, et d'y prétendre malgré mes ordres.

Maître Jacques
Ah ! il a tort.

Harpagon
N'est-ce pas une chose épouvantable, qu'un fils qui veut entrer
en concurrence avec son père ? et ne doit-il pas, par respect,
s'abstenir de toucher à mes inclinations ?

Maître Jacques
Vous avez raison. Laissez-moi lui parler, et demeurez là. FIN

Cléante, *à maître Jacques, qui s'approche de lui* .

Eh bien, oui, puisqu'il veut te choisir pour juge, je n'y recule point
; il ne m'importe qui ce soit ; et je veux bien aussi me rapporter à
toi, maître Jacques, de notre différend.

118

Maître Jacques
C'est beaucoup d'honneur que vous me faites.

Cléante
Je suis épris d'une jeune personne qui répond à mes voeux et
reçoit tendrement les offres de ma foi, et mon père s'avise de
venir troubler notre amour, par la demande qu'il en fait faire.

Maître Jacques
Il a tort assurément.

Cléante
N'a-t-il point de honte, à son âge, de songer à se marier ? Lui
sied-il bien d'être encore amoureux ? et ne devrait-il pas laisser
cette occupation aux jeunes gens ?

Maître Jacques
Vous avez raison, il se moque. Laissez-moi lui dire deux mots.
À Harpagon.
Eh bien ! votre fils n'est pas si étrange que vous le dites, et il se
met à la raison. Il dit qu'il sait le respect qu'il vous doit ; qu'il ne
s'est emporté que dans la première chaleur, et qu'il ne fera point
refus de se soumettre à ce qu'il vous plaira, pourvu que vous
vouliez le traiter mieux que vous ne faites, et lui donner quelque
personne en mariage, dont il ait lieu d'être content.

Harpagon
Ah ! dis-lui, maître Jacques, que moyennant cela, il pourra
espérer toutes choses de moi, et que, hors Mariane, je lui laisse la
liberté de choisir celle qu'il voudra.

Maître Jacques
Laissez-moi faire.
À Cléante.

Eh bien ! votre père n'est pas si déraisonnable que vous le faites, et il m'a témoigné que ce sont vos emportements qui l'ont mis en colère ; qu'il n'en veut seulement qu'à votre manière d'agir, et qu'il sera fort disposé à vous accorder ce que vous souhaitez, pourvu que vous vouliez vous y prendre par la douceur, et lui rendre les déférences, les respects et les soumissions qu'un fils doit à son père.

Cléante
   Ah ! maître Jacques, tu lui peux assurer que, s'il m'accorde Mariane, il me verra toujours le plus soumis de tous les hommes, et que jamais je ne ferai aucune chose que par ses volontés.

Maître Jacques, *à Harpagon.*

Cela est fait. Il consent ce que vous dites.

Harpagon
   Voilà qui va le mieux du monde.

Maître Jacques, *à Cléante.*

Tout est conclu ; il est content de vos promesses.

Cléante
   Le ciel en soit loué !

Maître Jacques
   Messieurs, vous n'avez qu'à parler ensemble ; vous voilà d'accord maintenant ; et vous alliez vous quereller, faute de vous entendre.

Cléante

Mon pauvre maître Jacques, je te serai obligé toute ma vie.

Maître Jacques

Il n'y a pas de quoi, monsieur.

Harpagon

Tu m'as fait plaisir, maître Jacques ; et cela mérite une récompense.
Harpagon fouille dans sa poche ; maître Jacques tend la main ; mais Harpagon ne tire que son mouchoir:
Va, je m'en souviendrai, je t'assure.

Maître Jacques

Je vous baise les mains.

Scène V

Harpagon, Cléante.

Cléante

Je vous demande pardon, mon père, de l'emportement que j'ai fait paraître.

Harpagon

Cela n'est rien.

Cléante

Je vous assure que j'en ai tous les regrets du monde.

Harpagon
  Et moi, j'ai toutes les joies du monde de te voir raisonnable.

Cléante
  Quelle bonté à vous d'oublier si vite ma faute !

Harpagon
  On oublie aisément les fautes des enfants lorsqu'ils rentrent dans leur devoir.

Cléante
  Quoi ! ne garder aucun ressentiment de toutes mes extravagances ?

Harpagon
  C'est une chose où tu m'obliges, par la soumission et le respect où tu te ranges.

Cléante
  Je vous promets, mon père, que jusques au tombeau je conserverai dans mon coeur le souvenir de vos bontés.

Harpagon
  Et moi, je te promets qu'il n'y aura aucune chose que tu n'obtiennes de moi.

Cléante
  Ah ! mon père, je ne vous demande plus rien ; et c'est m'avoir assez donné que de me donner Mariane.

Harpagon
  Comment ?

Cléante
  Je dis, mon père, que je suis trop content de vous, et que je
trouve toutes choses dans la bonté que vous ayez de m'accorder
Mariane.

Harpagon
  Qui est-ce qui parle de t'accorder Mariane ?

Cléante
  Vous, mon père.

Harpagon
  Moi ?

Cléante
  Sans doute.

Harpagon
  Comment ! c'est toi qui as promis d'y renoncer.

Cléante
  Moi, y renoncer ?

Harpagon
  Oui.

Cléante
  Point du tout.

Harpagon
  Tu ne t'es pas départi d'y prétendre ?

Cléante
Au contraire, j'y suis porté plus que jamais.

Harpagon
Quoi, pendard ! derechef ?

Cléante
Rien ne peut me changer.

Harpagon
Laisse-moi faire, traître.

Cléante
Faites tout ce qu'il vous plaira.

Harpagon
Je te défends de me jamais voir.

Cléante
À la bonne heure.

Harpagon
Je t'abandonne.

Cléante
Abandonnez.

Harpagon
Je te renonce pour mon fils.

Cléante
  Soit.

Harpagon
  Je te déshérite.

Cléante
  Tout ce que vous voudrez.

Harpagon
  Et je te donne ma malédiction.

Cléante
  Je n'ai que faire de vos dons.

Scène VI
Cléante, La Flèche.

La Flèche, *sortant du jardin avec une cassette* .

Ah ! Monsieur, que je vous trouve à propos ! Suivez-moi vite.

Cléante
  Qu'y a-t-il ?

La Flèche
  Suivez-moi, vous dis-je ; nous sommes bien.

Cléante
  Comment ?

La Flèche
Voici votre affaire.

Cléante
Quoi ?

La Flèche
J'ai guigné ceci tout le jour.

Cléante
Qu'est-ce que c'est ?

La Flèche
Le trésor de votre père, que j'ai attrapé.

Cléante
Comment as-tu fait ?

La Flèche
Vous saurez tout. Sauvons-nous ; je l'entends crier.

Scène VII
Harpagon

Harpagon *criant au voleur dès le jardin, et venant sans chapeau* .

Au voleur ! au voleur ! à l'assassin ! au meurtrier ! Justice, juste
ciel ! Je suis perdu, je suis assassiné ; on m'a coupé la gorge : on
m'a dérobé mon argent. Qui peut-ce être ? Qu'est-il devenu ? Où
est-il ? Où se cache-t-il ? Que ferai-je pour le trouver ? Où courir ?
Où ne pas courir ? N'est-il point là ? n'est-il point ici ? Qui est-ce ?

Arrête.

À lui-même, se prenant par le bras.

Rends-moi mon argent, coquin... Ah ! c'est moi ! Mon esprit est troublé, et j'ignore où je suis, qui je suis, et ce que je fais. Hélas ! mon pauvre argent ! mon pauvre argent ! mon cher ami ! on m'a privé de toi ; et puisque tu m'es enlevé, j'ai perdu mon support, ma consolation, ma joie : tout est fini pour moi, et je n'ai plus que faire au monde. Sans toi, il m'est impossible de vivre. C'en est fait ; je n'en puis plus ; je me meurs ; je suis mort ; je suis enterré. N'y a-t-il personne qui veuille me ressusciter, en me rendant mon cher argent, ou en m'apprenant qui l'a pris. Euh ! que dites-vous ? Ce n'est personne. Il faut, qui que ce soit qui ait fait le coup, qu'avec beaucoup de soin on ait épié l'heure ; et l'on a choisi justement le temps que je parlais à mon traître de fils. Sortons. Je veux aller quérir la justice, et faire donner la question à toute ma maison ; à servantes, à valets, à fils, à fille, et à moi aussi. Que de gens assemblés ! Je ne jette mes regards sur personne qui ne me donne des soupçons, et tout me semble mon voleur. Eh ! de quoi est-ce qu'on parle là ? de celui qui m'a dérobé ? Quel bruit fait-on là-haut ? Est-ce mon voleur qui y est ? De grâce, si l'on sait des nouvelles de mon voleur, je supplie que l'on m'en dise. N'est-il point caché là parmi vous ? Ils me regardent tous, et se mettent à rire. Vous verrez qu'ils ont part, sans doute, au vol que l'on m'a fait. Allons, vite, des commissaires, des archers, des prévôts, des juges, des gênes, des potences, et des bourreaux ! Je veux faire pendre tout le monde ; et si je ne retrouve mon argent, je me pendrai moi-même après.

Acte V

Scène première
Harpagon, un commissaire.

Le commissaire

Laissez-moi faire, je sais mon métier, Dieu merci. Ce n'est pas d'aujourd'hui que je me mêle de découvrir des vols, et je voudrais avoir autant de sacs de mille francs que j'ai fait pendre de personnes.

Harpagon
  Tous les magistrats sont intéressés à prendre cette affaire en main ; et, si l'on ne me fait retrouver mon argent, je demanderai justice de la justice.

Le commissaire
  Il faut faire toutes les poursuites requises. Vous dites qu'il y avait dans cette cassette ?

Harpagon
  Dix mille écus bien comptés.

Le commissaire
  Dix mille écus !

Harpagon
  Dix mille écus.

Le commissaire
  Le vol est considérable.

Harpagon
  Il n'y a point de supplice assez grand pour l'énormité de ce crime ; et, s'il demeure impuni, les choses les plus sacrées ne sont plus en sûreté.

Le commissaire
  En quelles espèces était cette somme ?

Harpagon
En bons louis d'or et pistoles bien trébuchantes [1063] .

Le commissaire
Qui soupçonnez-vous de ce vol ?

Harpagon
Tout le monde, et je veux que vous arrêtiez prisonniers la ville et les faubourgs.

Le commissaire
Il faut, si vous m'en croyez, n'effaroucher personne et tâcher doucement d'attraper quelques preuves afin de procéder après, par la rigueur, au recouvrement des deniers qui vous ont été pris.

Scène II
Harpagon, un commissaire, Maître Jacques.

Maître Jacques, *dans le fond du théâtre, en se retournant du côté par lequel il est entré* .

Je m'en vais revenir. Qu'on me l'égorge tout à l'heure ; qu'on me lui fasse griller les pieds, qu'on me le mette dans l'eau bouillante, et qu'on me le pende au plancher.

Harpagon, *à maître Jacques.*

Qui ? celui qui m'a dérobé ?

Maître Jacques
Je parle d'un cochon de lait que votre intendant me vient

d'envoyer, et je veux vous l'accommoder à ma fantaisie.

Harpagon
   Il n'est pas question de cela ; et voilà Monsieur à qui il faut parler d'autre chose.

Le commissaire, *à maître Jacques* .

Ne vous épouvantez point. Je suis homme à ne vous point scandaliser [1064] , et les choses iront dans la douceur.

Maître Jacques
   Monsieur est de votre souper ?

Le commissaire
   Il faut ici, mon cher ami, ne rien cacher à votre maître.

Maître Jacques
   Ma foi, Monsieur, je montrerai tout ce que je sais faire, et je vous traiterai du mieux qu'il me sera possible.

Harpagon
   Ce n'est pas là l'affaire.

Maître Jacques
   Si je ne vous fais pas aussi bonne chère que je voudrais, c'est la faute de monsieur notre intendant, qui m'a rogné les ailes avec les ciseaux de son économie.

Harpagon
   Traître ! il s'agit d'autre chose que de souper ; et je veux que tu me dises des nouvelles de l'argent qu'on m'a pris.

Maître Jacques
  On vous a pris de l'argent ?

Harpagon
  Oui, coquin ; et je m'en vais te faire pendre, si tu ne me le rends.

Le commissaire, *à Harpagon.*

Mon Dieu ! ne le maltraitez point. Je vois à sa mine qu'il est
honnête homme, et que, sans se faire mettre en prison, il vous
découvrira ce que vous voulez savoir. Oui, mon ami, si vous nous
confessez la chose, il ne vous sera fait aucun mal et vous serez
récompensé comme il faut par votre maître. On lui a pris
aujourd'hui son argent, et il n'est pas que vous ne sachiez
quelques nouvelles de cette affaire.

Maître Jacques, *bas, à part.*

Voici justement ce qu'il me faut pour me venger de notre
intendant. Depuis qu'il est entré céans il est le favori, on n'écoute
que ses conseils, et j'ai aussi sur le coeur les coups de bâton de
tantôt.

Harpagon
  Qu'as-tu à ruminer ?

Le commissaire, *à Harpagon.*

Laissez-le faire. Il se prépare à vous contenter ; et je vous ai bien
dit qu'il était honnête homme.

Maître Jacques
  Monsieur, si vous voulez que je vous dise les choses, je crois que
c'est monsieur votre cher intendant qui a fait le coup.

131

Harpagon
Valère !

Maître Jacques
Oui.

Harpagon
Lui ! qui me paraît si fidèle ?

Maître Jacques
Lui-même. Je crois que c'est lui qui vous a dérobé.

Harpagon
Et sur quoi le crois-tu ?

Maître Jacques
Sur quoi ?

Harpagon
Oui.

Maître Jacques
Je le crois... sur ce que je le crois.

Le commissaire
Mais il est nécessaire de dire les indices que vous avez.

Harpagon
L'as-tu vu rôder autour du lieu où j'avais mis mon argent ?

Maître Jacques
  Oui, vraiment. Où était-il votre argent ?

Harpagon
  Dans le jardin.

Maître Jacques
  Justement ; je l'ai vu rôder dans le jardin. Et dans quoi est-ce
que cet argent était ?

Harpagon
  Dans une cassette.

Maître Jacques
  Voilà l'affaire. Je lui ai vu une cassette.

Harpagon
  Et cette cassette, comme est-elle faite ? Je verrai bien si c'est la
mienne.

Maître Jacques
  Comment elle est faite ?

Harpagon
  Oui.

Maître Jacques
  Elle est faite… elle est faite comme une cassette.

Le commissaire
  Cela s'entend. Mais dépeignez-la un peu, pour voir.

Maître Jacques
  C'est une grande cassette.

Harpagon
  Celle qu'on m'a volée est petite.

Maître Jacques
  Eh ! oui, elle est petite, si on le veut prendre par là ; mais je l'appelle grande pour ce qu'elle contient.

Le commissaire
  Et de quelle couleur est-elle ?

Maître Jacques
  De quelle couleur ?

Le commissaire
  Oui.

Maître Jacques
  Elle est de couleur... là, d'une certaine couleur... Ne sauriez-vous m'aider à dire ?

Harpagon
  Euh !

Maître Jacques
  N'est-elle pas rouge ?

Harpagon
  Non, grise.

Maître Jacques

Eh ! oui, gris-rouge ; c'est ce que je voulais dire.

Harpagon

Il n'y a point de doute ; c'est elle assurément. Écrivez, Monsieur, écrivez sa déposition. Ciel ! à qui désormais se fier ! Il ne faut plus jurer de rien ; et je crois, après cela, que je suis homme à me voler moi-même.

Maître Jacques, *à Harpagon.*

Monsieur, le voici qui revient. Ne lui allez pas dire, au moins, que c'est moi qui vous ai découvert cela.

Scène III

Harpagon, un commissaire, Valère, Maître Jacques.

Harpagon

Approche, viens confesser l'action la plus noire, l'attentat le plus horrible qui jamais ait été commis.

Valère

Que voulez-vous, monsieur ?

Harpagon

Comment, traître, tu ne rougis pas de ton crime ?

Valère

De quel crime voulez-vous donc parler ?

Harpagon

De quel crime je veux parler, infâme ? comme si tu ne savais pas ce que je veux dire ! C'est en vain que tu prétendrais de le déguiser : l'affaire est découverte, et l'on vient de m'apprendre tout. Comment abuser ainsi de ma bonté, et s'introduire exprès chez moi pour me trahir, pour me jouer un tour de cette nature ?

Valère

Monsieur, puisqu'on vous a découvert tout, je ne veux point chercher de détours et vous nier la chose.

Maître Jacques, *à part.*

Oh ! oh ! Aurais-je deviné sans y penser ?

Valère

C'était mon dessein de vous en parler, et je voulais attendre, pour cela, des conjonctures favorables ; mais puisqu'il est ainsi, je vous conjure de ne vous point fâcher, et de vouloir entendre mes raisons.

Harpagon

Et quelles belles raisons peux-tu me donner, voleur infâme ?

Valère

Ah ! Monsieur, je n'ai pas mérité ces noms. Il est vrai que j'ai commis une offense envers vous ; mais, après tout, ma faute est pardonnable.

Harpagon

Comment ! pardonnable ? Un guet-apens, un assassinat de la sorte ?

Valère

De grâce, ne vous mettez point en colère. Quand vous m'aurez ouï, vous verrez que le mal n'est pas si grand que vous le faites.

Harpagon

Le mal n'est pas si grand que je le fais ! Quoi ! mon sang, mes entrailles, pendard !

Valère

Votre sang, Monsieur, n'est pas tombé dans de mauvaises mains. Je suis d'une condition à ne lui point faire de tort ; et il n'y a rien, en tout ceci, que je ne puisse bien réparer.

Harpagon

C'est bien mon intention, et que tu me restitues ce que tu m'as ravi.

Valère

Votre honneur, Monsieur, sera pleinement satisfait.

Harpagon

Il n'est pas question d'honneur là-dedans. Mais, dis-moi, qui t'a porté à cette action ?

Valère

Hélas ! me le demandez-vous ?

Harpagon

Oui, vraiment, je te le demande.

Valère

Un dieu qui porte les excuses de tout ce qu'il fait faire, l'Amour.

Harpagon
  L'Amour ?

Valère
  Oui.

Harpagon
  Bel amour, bel amour, ma foi ! l'amour de mes louis d'or !

Valère
  Non, Monsieur, ce ne sont point vos richesses qui m'ont tenté, ce
n'est pas cela qui m'a ébloui ; et je proteste de ne prétendre rien
à tous vos biens, pourvu que vous me laissiez celui que j'ai.

Harpagon
  Non ferai [1065] , de par tous les diables ! je ne te le laisserai pas.
Mais voyez quelle insolence, de vouloir retenir le vol qu'il m'a fait
!

Valère
  Appelez-vous cela un vol ?

Harpagon
  Si je l'appelle un vol ? un trésor comme celui-là !

Valère
  C'est un trésor, il est vrai, et le plus précieux que vous ayez, sans
doute ; mais ce ne sera pas le perdre que de me le laisser. Je vous
le demande à genoux, ce trésor plein de charmes ; et, pour bien
faire, il faut que vous me l'accordiez.

Harpagon
Je n'en ferai rien. Qu'est-ce à dire cela ?

Valère
Nous nous sommes promis une foi mutuelle, et avons fait
serment de ne nous point abandonner.

Harpagon
Le serment est admirable, et la promesse plaisante.

Valère
Oui, nous nous sommes engagés d'être l'un à l'autre à jamais.

Harpagon
Je vous en empêcherai bien, je vous assure.

Valère
Rien que la mort ne nous peut séparer.

Harpagon
C'est être bien endiablé après mon argent !

Valère
Je vous ai déjà dit, Monsieur, que ce n'était point l'intérêt qui
m'avait poussé à faire ce que j'ai fait. Mon coeur n'a point agi par
les ressorts que vous pensez, et un motif plus noble m'a inspiré
cette résolution.

Harpagon
Vous verrez que c'est par charité chrétienne qu'il veut avoir
mon bien ! Mais j'y donnerai bon ordre, et la justice, pendard
effronté, me va faire raison de tout.

Valère

Vous en userez comme vous voudrez, et me voilà prêt à souffrir toutes les violences qu'il vous plaira ; mais je vous prie de croire au moins que, s'il y a du mal, ce n'est que moi qu'il en faut accuser, et que votre fille, en tout ceci, n'est aucunement coupable.

Harpagon

Je le crois bien, vraiment ! Il serait fort étrange que ma fille eût trempé dans ce crime. Mais je veux ravoir mon affaire, et que tu me confesses en quel endroit tu me l'as enlevée.

Valère

Moi ? Je ne l'ai point enlevée ; et elle est encore chez vous.

Harpagon *à part.*

Ô ma chère cassette !
Haut.
Elle n'est point sortie de ma maison ?

Valère

Non, Monsieur.

Harpagon

Eh ! dis-moi donc un peu : tu n'y as point touché ?

Valère

Moi, y toucher ! Ah ! vous lui faites tort, aussi bien qu'à moi ; et c'est d'une ardeur toute pure et respectueuse que j'ai brûlé pour elle.

Harpagon *à part.*

Brûlé pour ma cassette !

Valère

  J'aimerais mieux mourir que de lui avoir fait paraître aucune pensée offensante : elle est trop sage et trop honnête pour cela.

Harpagon *à part.*

Ma cassette trop honnête !

Valère

  Tous mes désirs se sont bornés à jouir de sa vue ; et rien de criminel n'a profané la passion que ses beaux yeux m'ont inspirée.

Harpagon *à part.*

Les beaux yeux de ma cassette ! Il parle d'elle comme un amant d'une maîtresse.

Valère

  Dame Claude, Monsieur, sait la vérité de cette aventure ; et elle vous peut rendre témoignage…

Harpagon

  Quoi ! ma servante est complice de l'affaire ?

Valère

  Oui, Monsieur : elle a été témoin de notre engagement ; et c'est après avoir connu l'honnêteté de ma flamme, qu'elle m'a aidé à persuader votre fille de me donner sa foi, et recevoir la mienne.

Harpagon *à part.*

Eh ! Est-ce que la peur de la justice le fait extravaguer ?
À Valère.
Que nous brouilles-tu ici de ma fille ?

Valère
Je dis, Monsieur, que j'ai eu toutes les peines du monde à faire consentir sa pudeur à ce que voulait mon amour.

Harpagon
La pudeur de qui ?

Valère
De votre fille ; et c'est seulement depuis hier qu'elle a pu se résoudre à nous signer mutuellement une promesse de mariage.

Harpagon
Ma fille t'a signé une promesse de mariage ?

Valère
Oui, Monsieur, comme de ma part, je lui en ai signé une.

Harpagon
Ô ciel ! autre disgrâce !

Maître Jacques, *au commissaire* .

Écrivez, Monsieur, écrivez.

Harpagon
Rengrègement [1066] de mal ! surcroît de désespoir !
Au commissaire.
Allons, Monsieur, faites le dû de votre charge, et dressez-lui-moi

son procès comme larron et comme suborneur.

Valère

Ce sont des noms qui ne me sont point dus ; et quand on saura
qui je suis...

Scène IV

Harpagon, Élise, Mariane, Valère, Frosine, Maître Jacques, un
commissaire.

Harpagon

Ah ! fille scélérate ! fille indigne d'un père comme moi ! c'est
ainsi que tu pratiques les leçons que je t'ai données ? Tu te laisses
prendre d'amour pour un voleur infâme, et tu lui engages ta foi
sans mon consentement ! Mais vous serez trompés l'un et l'autre.
À Élise.
Quatre bonnes murailles me répondront de ta conduite ;...
À Valère .
... et une bonne potence, pendard effronté, me fera raison de ton
audace.

Valère

Ce ne sera point votre passion qui jugera l'affaire ; et l'on
m'écoutera, au moins, avant que de me condamner.

Harpagon

Je me suis abusé de dire une potence ; et tu seras roué tout vif.

Élise, *aux genoux d'Harpagon* .

Ah ! mon père, prenez des sentiments un peu plus humains, je
vous prie, et n'allez point pousser les choses dans les dernières

143

violences du pouvoir paternel. Ne vous laissez point entraîner aux premiers mouvements de votre passion, et donnez-vous le temps de considérer ce que vous voulez faire. Prenez la peine de mieux voir celui dont vous vous offensez ; il est tout autre que vos yeux ne le jugent, et vous trouverez moins étrange que je me sois donnée à lui, lorsque vous saurez que, sans lui, vous ne m'auriez plus il y a longtemps. Oui, mon père, c'est celui qui me sauva de ce grand péril que vous savez que je courus dans l'eau, et à qui vous devez la vie de cette même fille dont...

Harpagon
  Tout cela n'est rien ; et il valait bien mieux pour moi qu'il te laissât noyer que de faire ce qu'il a fait.

Élise
  Mon père, je vous conjure par l'amour paternel, de me...

Harpagon
  Non, non ; je ne veux rien entendre, et il faut que la justice fasse son devoir.

Maître Jacques, *à part.*

Tu me payeras mes coups de bâton !

Frosine, *à part*.

Voici un étrange embarras !

Scène V
Anselme, Harpagon, Élise, Mariane, Frosine, Valère, un commissaire, Maître Jacques.

Anselme

Qu'est-ce, seigneur Harpagon ? je vous vois tout ému.

Harpagon

Ah ! seigneur Anselme, vous me voyez le plus infortuné de tous les hommes ; et voici bien du trouble et du désordre au contrat que vous venez faire ! On m'assassine dans le bien, on m'assassine dans l'honneur ; et voilà un traître, un scélérat qui a violé tous les droits les plus saints, qui s'est coulé chez moi sous le titre de domestique [1067] , pour me dérober mon argent et pour me suborner ma fille.

Valère

Qui songe à votre argent, dont vous me faites un galimatias ?

Harpagon

Oui, ils se sont donné l'un à l'autre une promesse de mariage. Cet affront vous regarde, seigneur Anselme ; et c'est vous qui devez vous rendre partie contre lui, et faire toutes les poursuites de la justice à vos dépends, pour vous venger de son insolence.

Anselme

Ce n'est pas mon dessein de me faire épouser par force, et de rien prétendre à un coeur qui se serait donné ; mais, pour vos intérêts, je suis prêt à les embrasser ainsi que les miens propres.

Harpagon

Voilà monsieur qui est un honnête commissaire, qui n'oubliera rien, à ce qu'il m'a dit, de la fonction de son office. (*Au commissaire, montrant Valère.*) Chargez-le comme il faut, Monsieur, et rendez les choses bien criminelles.

Valère

Je ne vois pas quel crime on me peut faire de la passion que j'ai pour votre fille, et le supplice où vous croyez que je puisse être condamné pour notre engagement, lorsqu'on saura ce que je suis...

Harpagon

Je me moque de tous ces contes ; et le monde aujourd'hui n'est plein que de ces larrons de noblesse, que de ces imposteurs qui tirent avantage de leur obscurité et s'habillent insolemment du premier nom illustre qu'ils s'avisent de prendre.

Valère

Sachez que j'ai le coeur trop bon pour me parer de quelque chose qui ne soit point à moi, et que tout Naples peut rendre témoignage de ma naissance.

Anselme

Tout beau ! Prenez garde à ce que vous allez dire. Vous risquez ici plus que vous ne pensez, et vous parlez devant un homme à qui tout Naples est connu et qui peut aisément voir clair dans l'histoire que vous ferez.

Valère, *mettant fièrement son chapeau.*

Je ne suis point homme à rien craindre, et si Naples vous est connu, vous savez qui était don Thomas d'Alburci.

Anselme

Sans doute, je le sais ; et peu de gens l'ont connu mieux que moi.

Harpagon

Je ne me soucie ni de Don Thomas ni Don Martin.
Harpagon voyant deux chandelles allumées en souffle une.

Anselme

De grâce, laissez-le parler ; nous verrons ce qu'il en veut dire.

Valère

Je veux dire que c'est lui qui m'a donné jour.

Anselme

Lui ?

Valère

Oui.

Anselme

Allez. Vous vous moquez. Cherchez quelque autre histoire qui vous puisse mieux réussir, et ne prétendez pas vous sauver sous cette imposture.

Valère

Songez à mieux parler. Ce n'est point une imposture, et je n'avance rien qu'il ne me soit aisé de justifier.

Anselme

Quoi ! vous osez vous dire fils de don Thomas d'Alburci ?

Valère

Oui, je l'ose ; et je suis prêt de soutenir cette vérité contre qui que ce soit.

Anselme

L'audace est merveilleuse ! Apprenez, pour vous confondre, qu'il y a seize ans, pour le moins, que l'homme dont vous nous parlez périt sur mer avec ses enfants et sa femme, en voulant dérober leur vie aux cruelles persécutions qui ont accompagné les désordres de Naples, et qui en firent exiler plusieurs nobles familles.

Valère

Oui ; mais apprenez, pour vous confondre, vous, que son fils, âgé de sept ans, avec un domestique, fut sauvé de ce naufrage par un vaisseau espagnol ; et que ce fils sauvé est celui qui vous parle. Apprenez que le capitaine de ce vaisseau, touché de ma fortune, prit amitié pour moi ; qu'il me fit élever comme son propre fils, et que les armes furent mon emploi dès que je m'en trouvai capable ; que j'ai su depuis peu que mon père n'était point mort, comme je l'avais toujours cru ; que, passant ici pour l'aller chercher, une aventure, par le ciel concertée, me fit voir la charmante Élise ; que cette vue me rendit esclave de ses beautés, et que la violence de mon amour et les sévérités de son père me firent prendre la résolution de m'introduire dans son logis, et d'envoyer un autre à la quête de mes parents.

Anselme

Mais quels témoignages encore, autres que vos paroles, nous peuvent assurer que ce ne soit point une fable que vous ayez bâtie sur une vérité ?

Valère

Le capitaine espagnol, un cachet de rubis qui était à mon père ; un bracelet d'agate que ma mère m'avait mis au bras ; le vieux Pedro, ce domestique qui se sauva avec moi du naufrage.

Mariane

Hélas ! à vos paroles, je puis ici répondre, moi, que vous n'imposez point ; et tout ce que vous dites me fait connaître clairement que vous êtes mon frère.

Valère
Vous, ma soeur ?

Mariane
Oui, mon coeur s'est ému dès le moment que vous avez ouvert la bouche ; et notre mère, que vous allez ravir, m'a mille fois entretenue des disgrâces de notre famille. Le ciel ne nous fit point aussi périr dans ce triste naufrage ; mais il ne nous sauva la vie que par la perte de notre liberté, et ce furent des corsaires qui nous recueillirent, ma mère et moi, sur un débris de notre vaisseau. Après dix ans d'esclavage, une heureuse fortune nous rendit notre liberté ; et nous retournâmes dans Naples, où nous trouvâmes tout notre bien vendu, sans y pouvoir trouver des nouvelles de notre père. Nous passâmes à Gênes, où ma mère alla ramasser quelques malheureux restes d'une succession qu'on avait déchirée ; et de là, fuyant la barbare injustice de ses parents, elle vint en ces lieux, où elle n'a presque vécu que d'une vie languissante.

Anselme
Ô ciel ! quels sont les traits de ta puissance ! et que tu fais bien voir qu'il n'appartient qu'à toi de faire des miracles ! Embrassez-moi, mes enfants, et mêlez tous deux vos transports à ceux de votre père.

Valère
Vous êtes notre père ?

Mariane
C'est vous que ma mère a tant pleuré ?

Anselme
Oui, ma fille ; oui, mon fils ; je suis Don Thomas d'Alburci que le ciel garantit des ondes avec tout l'argent qu'il portait, et qui, vous ayant tous crus morts durant plus de seize ans, se préparait,

après de longs voyages, à chercher, dans l'hymen d'une douce et sage personne, la consolation de quelque nouvelle famille. Le peu de sûreté que j'ai vu pour ma vie à retourner à Naples m'a fait y renoncer pour toujours ; et ayant su trouver moyen d'y faire vendre ce que j'avais, je me suis habitué ici, où, sous le nom d'Anselme, j'ai voulu m'éloigner les chagrins de cet autre nom qui m'a causé tant de traverses.

Harpagon, *à Anselme* .

C'est là votre fils ?

Anselme
 Oui.

Harpagon
 Je vous prends à partie pour me payer dix mille écus qu'il m'a volés.

Anselme
 Lui, vous avoir volé ?

Harpagon
 Lui-même.

Valère
 Qui vous dit cela ?

Harpagon
 Maître Jacques.

Valère, *à maître Jacques* .
C'est toi qui le dis ?

Maître Jacques
Vous voyez que je ne dis rien.

Harpagon
Oui. Voilà monsieur le commissaire qui a reçu sa déposition.

Valère
Pouvez-vous me croire capable d'une action si lâche ?

Harpagon
Capable ou non capable, je veux ravoir mon argent.

Scène VI

Harpagon, Anselme, Élise, Mariane, Cléante, Valère, Frosine,
un commissaire, Maître Jacques, La Flèche.

Cléante
Ne vous tourmentez point, mon père, et n'accusez personne. J'ai
découvert des nouvelles de votre affaire, et je viens ici pour vous
dire que, si vous voulez vous résoudre à me laisser épouser
Mariane, votre argent vous sera rendu.

Harpagon
Où est-il ?

Cléante
Ne vous mettez point en peine. Il est en lieu dont je réponds, et
tout ne dépend que de moi. C'est à vous de me dire à quoi vous

vous déterminez ; et vous pouvez choisir, ou de me donner Mariane, ou de perdre votre cassette.

Harpagon
  N'en a-t-on rien ôté ?

Cléante
  Rien du tout. Voyez si c'est votre dessein de souscrire à ce mariage, et de joindre votre consentement à celui de sa mère, qui lui laisse la liberté de faire un choix entre nous deux.

Mariane, *à Cléante* .

Mais vous ne savez pas que ce n'est pas assez que ce consentement et que le ciel, (*montrant Valère.*) avec un frère que vous voyez, vient de me rendre un père...
  M*ontrant Anselme.*
  ... dont vous avez à m'obtenir.

Anselme
  Le ciel, mes enfants, ne me redonne point à vous pour être contraire à vos voeux. Seigneur Harpagon, vous jugez bien que le choix d'une jeune personne tombera sur le fils plutôt que sur le père : allons, ne vous faites point dire ce qu'il n'est pas nécessaire d'entendre ; et consentez, ainsi que moi, à ce double hyménée.

Harpagon
  Il faut, pour me donner conseil, que je voie ma cassette.

Cléante
  Vous la verrez saine et entière.

Harpagon
  Je n'ai point d'argent à donner en mariage à mes enfants.

Anselme
  Eh bien ! j'en ai pour eux ; que cela ne vous inquiète point.

Harpagon
  Vous obligerez-vous à faire tous les frais de ces deux mariages ?

Anselme
  Oui, je m'y oblige. Êtes-vous satisfait ?

Harpagon
  Oui, pourvu que pour les noces, vous me fassiez faire un habit.

Anselme
  D'accord. Allons jouir de l'allégresse que cet heureux jour nous présente.

Le commissaire
  Holà ! messieurs, holà ! Tout doucement, s'il vous plaît. Qui me payera mes écritures ?

Harpagon
  Nous n'avons que faire de vos écritures.

Le commissaire
  Oui ! Mais je ne prétends pas, moi, les avoir faites pour rien.

Harpagon, *montrant maître Jacques* .
  Pour votre payement, voilà un homme que je vous donne à

pendre.

Maître Jacques

Hélas ! comment faut-il donc faire ? On me donne des coups de bâton pour dire vrai, et on me veut pendre pour mentir !

Anselme
  Seigneur Harpagon, il faut lui pardonner cette imposture.

Harpagon
  Vous payerez donc le commissaire ?

Anselme
  Soit. Allons vite faire part de notre joie à votre mère.

Harpagon
  Et moi, voir ma chère cassette.
FIN

Printed in Great Britain
by Amazon